GAEA

GAEA

黃昏交會的A.M.與P.M.

瀾霜——著　NIN——插畫

黃昏交會的A.M.與P.M.

——目錄

推薦序

世上有「不錯的小說家」，然後有「好的小說家」。

擔任小說賞的評審，就是要從一堆前者裡面，把後者找出來。

兩者其實並不算很難分辨。有時你甚至只讀開首小小幾段，就能夠感覺出來。

假如要具體列出「好的小說家」的條件，也是有的：圓熟的筆尖、收放自如的文氣節奏、營造可信而自然角色的能力、布局的平衡感……這些，都是大家想像得到的技巧。當然也不是說「好的小說家」就必得齊備這一切。「好」並不等同「完美」。有時不完美和過火，也是一個小說家有趣的地方，或是他探索成長的一個過程。

但是我認爲只有這些技巧還不足夠。一個「好的小說家」，需要一種更深沉的特質。我會形容它是一種對作品「眞誠的愛」。

寫一本小說「不是爲了別的什麼」，不是爲了在比賽裡得獎，不是爲了討好某個人，甚至不是爲了討好自己；而是覺得世上該有一本這樣的小說，應該這樣寫出來。裡面的主角，不是單純作者自己的化身，不是某種情感、慾望或遺憾的宣洩，而是你眞的覺得應該有一個這樣的人物，他的生命應該這樣走。

你的小說，在你心裡的地位，凌駕了身爲小說家的自己——這就是我說的，對作品的愛。所以好的小說，會讓讀者忘記作者的身影。跟很多人所想不一樣，創作並非無止境的狂放。好的作品，裡面有一種克制。

眞正的愛，其實就是克制和自我要求。

要在小說賞裡發現這種好作品，當然並不是很常有的事。會參加比賽的都是新人，而新人大多總會犯上某些相近的毛病。

因此每當我很少有地在參賽稿件裡，發現到一部具有這種特質/潛質的作品時，眞的會讀得心跳加速。

「這傢伙，一定要讓他出道。」

讀著時會有這樣的想法。

當我讀《黃昏交會的A.M.與P.M.》的參賽稿時，心裡就是冒出這句話。

作為一個幹了這麼久的前輩，為這部得獎作寫推薦序，本來應該對作品做些點評。可是我發覺實在想不到該寫些什麼。

也許因為在我讀完瀰霜這部書後，已經把她當作同行看待。

我只想跟讀者說一句：這本小說，看就對了。

我不認識瀰霜，不知道這一刻，她有沒有長期當一個小說家的準備。但我已經十分期待她接續下來的作品，讓我看看已經寫到這種程度之後，她還會展示出怎樣的可能。

喬靖夫

推薦序

作者在投稿當日的命題《黃昏交會的A.M.與P.M.》，吸引我在芸芸的天行賞參賽作品中首先挑選來看。一個關於日與夜的愛情故事，並以歌名貫串起來，起初我擔心作者會流於堆砌，結果作者筆下的感情看似淡淡的，卻像一杯茶愈沖愈濃，主角的感情線讓你會一起追讀下去。

期待作者這本作品會覓得知音人，也期待作者繼續寫出更多動人的作品！

周子嘉

01 櫻花樹下

那是一個平板、手機還沒普及的年代。

當年沒有太多社交網站和交友程式，大型討論區仍然百花盛開地流行。沒有太多人在意版權、致力尋根究柢，往往一幅繪圖、一篇故事，只要轉載幾次就不再知道作者是誰。

我與妳就是相識在那個年代。

那時候我很喜歡在網上亂掰點什麼，關於薰衣草為什麼是紫色的故事；關於冷漠的便利店女店員與把愛情賭注在扭蛋機的癌症少年的故事；關於寂寞少女與靈魂出竅的少年在ＩＣＱ互相關懷的故事。

諸如此類的，亂掰一通，然後隨便選一個討論區貼上去。

先說我不是一個飽讀詩書的才子，我只是一個中學沒畢業，偶爾跟同事溜到網吧的水電學徒罷了。喜歡故事、喜歡文字，但那是我註定追逐不了、遙不可及的東西。畢竟光是代替意外死去的老爸，和老媽一起扛起弟妹的生活，已經花盡我所有氣力。

我從來沒在意過這些放到網上的故事會為我帶來什麼，而它們又會順水流被轉載到哪裡——

直到有天我偶然看到，它們在某個討論區上被標籤成［轉載］［愛情］［ＨＥ］。

SE，Sad Endings。

HE，Happy Endings。

按進去一看，癌症少年竟然抽中特定扭蛋，便利店女店員被感動在一起了。我好奇再找一下，連那個靈魂出竅的少年也從植物人狀態醒來，在現實世界和少女相遇。

幹！我寫的結局都被哪個白目改寫了？

在網吧大罵了一句，一根菸過後又好像沒什麼須要執著。

別人不會知道原作者是我。

我也不會追尋到改編的人是誰。

反正一切水過無痕，也無謂費神追究真相，不如再來局ＣＳ比較划算，大概是這種感覺吧？

沒想到那個大海撈針的答案竟然出現在我的工作地點。

☾

最近師傅接了項學校工程，日晝的校舍滿是學生、教師不好動工，我們都在晚上才過來。重要工序當然都是師傅在做，我通常只是在牆和天花板補補丁、換個光管，或是收拾打掃什麼的。

雖然是晚上，但學校比我想像中還要人多，觀察一下才知道這裡還開了兩班夜校，於是我整晚就聽著課室傳來的講課，還有師傅夾雜指揮的髒話來工作。

只是隔了堵磚牆，就分成了兩個世界。

工作到後來，理所當然留下我一個菜鳥善後。

反正沒人在管了，理所當然抽根菸再做啊。

菸吸進肺部又呼出，課室的講課左耳聽右耳出。我呆望走廊一扇打開的窗，放空了好久才發現黑板上的數學題怎麼很眼熟。不就是老弟教了一整晚，明早問妹頭結果她還是搞不懂的那題嗎？重複又重複教了好幾遍，連我半夢半醒有聽沒有懂都能背出來。原來寫在黑板的時候是長這個樣子啊……字母比數字多怪不得算不出來，虧當時我還笑她蠢。

我正想著回家時要不要買杯雪糕當賠罪，突然課室的門打開了。有個長得滿慈祥的老頭走出來，聲如洪鐘果然是教書的。

「你是不是張啓航？」

那誰。

「點名好幾天都不見人，快進來吧，學費不要白繳啊。」

這我倒認同的。

距離便利店打工還有兩小時，當是進去坐坐休息下也好，反正去網吧又得花錢。

我都忘記離開校園多少年，如今坐在課室倒沒怎麼覺得自己格格不入。或許是因爲同一房間裡坐著根本無心向學，不知重讀第幾年的重考生，還有每個步驟都要百般正經舉手猛問的勤奮中年人，所以即使多一個頭髮染金、滿身菸味的水電學徒，也沒什麼好奇怪。

要是呆坐到下課，倒不如記下那題目，至少回家也可以跟妹頭說：妳眞的好蠢。爲了省下那杯雪糕，於是我翻找一下抽屜，幸運被我摸出一本筆記本。內裡的字體工整又圓滾滾，整本筆記五顏六色，應該是個女的，而且是挺會讀書的那種。

反正我又看不懂。

我直接翻到筆記本的後面，猝不及防撞破了陌生人的祕密——

這本筆記的主人，把我在網上亂掰的故事工工整整抄寫下來。

她不只純粹抄寫練字，藍色墨水是原文，橘色墨水則是改寫的版本。內裡除了我在網上見過的，還有改寫了一半還沒發布的。

發現凶手。

沒打算深究的眞相，竟然出現在和網路風牛馬不相及的工作地方，而且藏在一個女中學[1]生的筆記本裡頭。

這麼渺茫的機率，頭獎又不見得我中。

看著白紙上的文字，我始終沒打算戳破什麼，但就是忍不住想留下一句半句話：

「現實哪來這麼多奇蹟。」

想了一下，我還是撕掉那紙頁。

就正如一開始所說——沒什麼須要執著的。

說起來，多虧那個舉手猛問的中年人，最後我竟然學會了那題數學。

然後當晚買的六合彩並沒有中。

☾

學會的數學沒有意義，找到的眞相也沒有意義，輸掉的彩票更加沒有意義，結果最有意義的還是多了個可以免費打混的地方。

第二晚善後工作完了，菸也抽完了，我在走廊窗戶稍瞥一下，眞正的張啓航貌似沒有到來。老師說得對，學費眞的不要白繳，何不將浪費了的資源化作善事，感謝張啓航爲貧苦大眾提供乾淨舒適的休憩場所。

我故意挑了「凶案現場」的前方坐了下來。

現在想想，正因爲不想周旋其中卻又無法視若無睹，才會選了這種自欺欺人的距離吧？

是說，英文課的講義根本是催眠曲。

才剛坐下來，再有意識的時候我已經徹底趴在桌上。老師不知何時站在我面前，指骨在桌面敲了又敲。或許正職學生在這時馬上就認栽，以爲要受責備了，不過經歷師傅和便利店經理的洗禮，在我看來他更多是在可憐一個半工半讀的年輕人。

「打起精神吧？想想你是爲了什麼來這裡的。」

就休息啊？

「趕緊抄一下，要擦掉囉。」

老師指指黑板，放下一枝鉛筆和一張環保紙便走開。

我想他是有點誤會了，都怪我之前太認眞想要嘲諷妹頭，爲自己開了個不好的先

1 中學：本作品背景爲香港，故此爲香港學制用語。香港的舊學制由港英政府訂立，三年初中（中一、中二、中三）、兩年高中（中四、中五）、兩年預科（中六、中七）及三年大學。中學生會於中五及中七分別經歷兩場公開試，中五的公開試稱爲「中學會考」，全港平均只有三分之一的考生能升讀預科。中七的公開試稱爲「高級程度會考」，學分足夠才能升讀大學，由於當年全港的大學數量不到十間，所以學位競爭相當激烈。二〇〇九年，香港落實「三三四學制」，即三年初中、三年高中，四年大學。新學制下，學生只需要參與一場大學公開試，「會考」與「高考」從此成爲歷史。

例。我看著放在面前的紙和筆，實在不知道要不要稍微配合一下，鉛筆卻搶先行動。

那個座位一定具備萬有引力是不是。

我認命繞到後方，蹲下來便看見昨晚的筆記本仍然靜靜躺在原位。

差不多的夜色，燈光依舊帶點橘黃，相同的人們在相同的位置，做著與昨晚相若的事。這個正方體的空間內什麼都沒有改變，唯獨我。

筆記本沒有被帶走有很多可能，例如病假之類的，要是把這一切算在自己頭上，也未免太自我感覺良好了。

畢竟我都把紙頁撕掉了，才不可能被察覺到，為了證實我的想法，為了教自己的想像力不要太豐富，於是我再次翻開筆記本——

現實哪來這麼多奇蹟

媽的，居然被發現了！

都怪我寫字太用力，即使消滅證據仍然不慎留下線索。

這本筆記本的主人將這句話用鉛筆輕輕地重新描出來。不僅如此，我甚至還獲得了回覆。

生命不盡是遺憾 :)

即使她很有心思將素描的範圍粉飾成一團烏雲，然而我的句子就像污跡一樣，在白紙上突兀地髒兮兮一片。

就連剛剛打瞌睡被抓包，也不及現在來得尷尬又心虛。

我不安地合上筆記本，試圖假裝一切沒有發生，放回抽屜後卻又覺得非常不對勁。明明她才是不問一聲就改寫別人作品的小偷，怎麼我這個受害者還要遮遮掩掩，搞得好像我才是那個做錯事的人？

莫名其妙的反擊心燃燒起來，我毅然坐下來，毫不猶疑握起筆，攤開筆記光明正大地寫。

為什麼要改寫別人的故事，怎麼不自己寫一部？

第一次是無心插柳。
第二次是刻意而爲。
她悉破我的蹤跡，我也戳穿她的祕密。
唯獨離開學校的瞬間我就後悔了。
我應該先確定一下對方是不是眞的如我所想，是個女的。

02
落花流水

名字這回事，眞要調查的話其實不難，只須看看貼在教師桌上的座位表就可以了。不過林菁兒似乎沒察覺這點，她在筆記本中署名爲「Miss A.M.」。

她喜歡改寫網文結局的原因，是因爲她認爲悲劇純粹是一段未完成的故事，她會忍不住幻想角色們的未來，於是爲他們添上好結局。

所謂的「從今以後幸福快樂地生活下去」，只是撇開現實的後續罷了。

那麼，把時間停留在最美好的那刻也不錯呀？XD

Miss A.M.

好啊，妳說了算。

我們從沒過問對方現實中的部分，名字、工作、成績、家庭等等從來都沒深究。我們就這樣單純地用文字交流著，說不定哪天筆記本消失了，這場聊天便會就此告終。

這樣也好，點到即止就好。要是家中妹頭被一個不知哪來的水電工把走的話，這一定是我的報應。

如果潮流會隨時間不斷向前走，我和林菁兒大概站在潮流的末端吧？當全世界追求著速度與便利，我們卻從來沒有留下筆記本以外的聯絡方法。

隔個二十四小時才傳遞出一句話語。

隔個二十四小時才接收到一句回覆。

星期五我一邊啃著便當，一邊查看便利店的排班更表，才恍然意識到原來週六、週日的話還得等個七十二小時。

沒效率就算了，這樣不是很蠢嗎？

反正要寫也要等——幹嗎不他媽的多寫一點？

於是，我決定了。

星期一的晚上，我索性在筆記本寫下一匹孤狼在森林流浪的故事。

☾

第一次，我在網路以外的地方寫著故事。

不意外，林菁兒也摻一腳，剛開始還興致勃勃似地，寫了長長一頁。

原本不著邊際的閒扯，轉眼變成接龍故事。只要每次打開筆記總會有新的劇情發展，或短或長，短時甚至只有幾行。唯一沒有進度的是前半本的數學筆記，她大概已另外開了一本新的，這本似乎徹底成爲交換筆記。

徹底地，成爲與陌生人之間一個小小的祕密。

內裡沒什麼面羞耳臊的語句，純粹只有被生活壓抑著想像的水電工，還有被學校限制著想像的女學生，一些天馬行空又無處可宣洩的狂想而已。

我寫了一匹在夜裡行走的灰狼，尋找一處能卸下武裝，安心休息的樂土。

林菁兒則寫了一個闖進森林的小紅帽，只是尋找的不再是祖母，而是祖母年輕時曾經照顧過的一隻小孤狼。

夜裡的狼在奮戰、在遊歷、在闖蕩，那些留下的足跡與痕跡最後化成線索，引領日晝的小紅帽前行。明明身在同一片森林，卻從沒有眞實接觸過彼此，我與林菁兒就這樣自然而然地寫著有關我們的故事。

在林菁兒心中，故事內的那片森林充滿未知，陽光充沛，朝氣勃勃，前路永遠有著各種新奇有趣的事物，偶爾會遇到麻煩，最後總會出現各種小伙伴，一起將問題完滿解決。

林菁兒筆下的森林正如她所在的世界。

一切都是鮮明的、繽紛的、無害的。

沒有須要擔憂的事，也沒有須要忍耐的事。

想笑就笑，想哭就哭。

有時候回看大家所寫的情節，我會忍不住希望活在光明中的林菁兒，要是能永遠活在光明中就好，隱藏夜裡的危險、孤獨、絕望統統與她無關。

然後，我只要在陽光照耀不到的陰暗處，承托著老媽、老弟和妹頭，讓他們也能稍微觸碰到那種幸福就好。

我一直帶著某種憧憬與林菁兒交流，直到某天她沒有把故事接續下去。

我家的八哥[2]不見了。

T_T

這夜我攤開筆記，她只寫了這兩行字。

她傷心得連署名都忘掉。

我握起筆，嘗試寫點什麼安慰的話語，最後怎麼寫都總覺得很矯情，自顧自把故事接續的話又好像太不會看氣氛了。

別人不高興的時候，我通常會怎麼做？

師傅和經理，直接把尊嚴拋棄就行。

老弟的話，拍拍肩再打幾局「拳皇」就沒事了。

妹頭只要便利店最貴的那款雪糕大多都能搞定。

2 八哥：指的是巴哥犬（Pug），在台灣則稱爲哈巴狗。

老媽比較麻煩，要讓她嘮叨幾天。

可是，林菁兒呢？

我能爲她做些什麼？

T_T)/(._.)

想了大半堂，最後我只能在她的表情符號旁邊，再加個表情符號。

然後我索然蓋上筆記，聽著老師講我破關了N遍的三國史。

☾

雖然我很同情林菁兒，可惜同情並不能帶來什麼實際幫助。

不然的話，我也很想找個人來同情我，這樣我就不用替早班的那些混蛋擦屁股，清理中午早已塞爆的垃圾桶之餘，還要被潔癖的奧客電到飛天。

我兩手拿著大包小包，走到不遠處的垃圾收集站，等一下還要排架，還要點貨訂貨……一堆雜事光用說的都沒完沒了，經理倒是不見人，八成又溜去網吧了吧！

今晚都沒好事兒呢。

用丟的，我把垃圾用力拋到垃圾堆——

「哇靠！」

然後垃圾堆竟然動起來了！

那件會動的垃圾好像被我嚇了一跳，然後活蹦亂跳直奔到垃圾站的另一端。是隻流浪狗啊。

「靠夭啊！老子差點被你嚇死了啦！」

媽的垃圾收集站原來除了垃圾，還有外星生物啊！品種什麼的我不知道，總之長得很醜，醜到都不像地球物種了，也難怪被丟掉啊？

來垃圾站是想要找什麼吃的吧？看著小小的一隻狗塞在角落，總覺得怪可憐的，我解開剛剛丟出來的那袋報廢便當，找一盒比較乾淨的放在牠面前。

豈料我沒靠近幾步牠直接縮成一團。

喂，剛剛你不也嚇了我一跳嗎？互相扯平了用不著那麼害怕了吧？

幹，沒時間慢慢哄你啦。

我放下打開的便當便頭也不回返到便利店。

誰會想到之後接下來的一整晚，我就要爲了這隻狗幾經折騰。

要是當時我知道接下來要發生的事，鐵定不會就這樣走掉。

返回便利店，我看見一個女孩在哭泣。

現在夜深時分，一個跟老弟差不多大的女生獨個兒在店裡抽泣，夜班全職的蘭姨正在安撫她。

神啊。

今天已經有夠亂七八糟了，希望不會又來一件更加亂七八糟的事情要我處理。

當然也有部分是希望這個素未謀面的女生平安啦。

「怎麼了？」

「她家的狗不見了啦。」

糟糕我不該問的，蘭姨一開口，那女生哭得更慘了。

「那麼、告示就給妳了……」

「放心放心！等下姨姨問到經理，他說ＯＫ就立即給妳貼出去！快回家吧，夜晚一個女孩在街上，很危險啊。」

「謝謝……」

蘭姨指指櫃檯要我趕快回崗位，然後迅速溜進貨倉。

便利店只剩下了冰櫃的轟隆隆製冷聲，還有那女生努力平復情緒的抽泣聲。

好尷尬。

安慰也不是，不安慰也不是。

這個時候只好盡我職責，接過她遞過來的面紙，俐落地刷條碼、報價，然後耐心等待她慢條斯理在零錢包翻找那尚欠的五毛錢。

沒找幾下，她手機就響了。

中學生有手機，要不是家境不錯的話，就是家人很著緊吧？

「爸？我在便利店。」

連我隔著櫃檯也聽見她手機的另一端傳來了很吵的話聲，雖然聽不見對方在說什麼，但應該也是擔心到瘋了。

「嗯，我知道……對不起，現在就回來……啊，那車站見。」

明明委屈得癟著嘴巴，卻又不反駁什麼。

很乖很純不懂防備的女學生，遇上狼的話根本不懂反擊，所以眞的不要在深夜穿著薄外套小背心還有居家短褲亂跑比較好。像是現在我也想要她留下號碼，然後騙她說找到狗了，哎唷不是這隻嗎，我們來繼續保持聯絡諸如此類的——

眞沒人性。

人家哭得那麼慘，我還在這邊幻想有的沒的。

她頭一直垂得低低的，好像在努力用她那黑長直的頭髮擋住臉頰一樣。

在陌生人面前哭泣又不能馬上逃離，然後又被家人催促什麼的，感覺她也有點窘困吧。

「別走球場那邊，這個時間那邊比較複雜。」

「謝謝。」

她看起來哭到呆呆的，不過幸好是有聽進去，出門便向左拐了。

☾

忙東忙西總算告一段落了，我走進貨倉想要找什麼吃的，這才看到桌面上那張等待經理批閱的尋犬啟示。

對啊，差點忘了有這種事……

等等。

原來垃圾站那隻外星生物就是走失犬嗎，尤達這名字改[3]得眞貼切啊！

「唉呀，都忘了給經理看這個！」

蘭姨妳怎麼跟我一樣驚訝了？是妳誓言旦旦說會記得的吧，現在經理回來沒多久又溜到外面去了，這個尋犬啟示不知哪年哪月才會貼出去了啊。

3 改：改名，即台灣的「取名」。

算了，到外面來根菸，順便看看尤達大師是不是還在垃圾站等候意志好了。

在離開貨倉前，我再仔細看一遍尋犬啓示。

眞的，現今社會做狗比做人好命多了。

「長得那麼醜的狗有人養都算了，居然還重酬。」

「你懂什麼，人家可是名種耶，八哥你都不知道！」

八哥？

妳說這隻外星生物是八哥？

「八哥不是鳥類嗎？黑色的。」

「那是了哥[4]，不是八哥。」

蘭姨反了一下白眼，好像我問了幼稚園等級的常識題。我連自己都快要顧不上了，是要怎樣顧上其他物種？

我沒有接續話題，推開店門後也忘了先來一根，直接跑向垃圾收集站。

當時我只想著一件事。

我要再去買六合彩。

我甚至有預感，要是尤達還在那裡的話這次一定能中頭獎。

可惜我跑過去的時候，牠早就不在了，便當倒是有好好吃光。

要是牠吃飽了就知道要躲起來的話也很好，可是從牠躲在垃圾堆裡看到陌生人便只懂顫抖的反應看來，尤達應該是一隻在溫室長大的名貴寵物。

就跟牠的主人林菁兒一樣，淚眼汪汪，毫無防備地走在夜裡，會遇險完全不意外。

人生總是這樣嗎？

直到錯過了，才會知道自己錯過了什麼。

我跟林菁兒，還有林菁兒跟尤達，是不是就要這樣錯過了？

☾

距離我第一次碰見尤達，已是兩個半小時之前。

4 了哥：一種擅於模仿聲音的鳥類，在台灣叫作八哥鳥。

以那隻外星生物的腳程，如果不是被人抱走，應該只會擔驚受怕躲在附近吧？

抱著些微的希望，我把附近的橫街暗巷全都跑了一遍。

眼前除了沒有狗的殘黃街道，我就只看到癟著嘴巴忍著不哭的林菁兒。

作夢也沒想過我們竟然會以這種形式遇上，不是學校，不是上學時間，不是筆友或網友，地點、時間與身分，完全猝不及防。

唯一沒有改變的是，我仍然不知道可以爲她做些什麼。

即使現在全力在街上奔馳，說不定最後也只是一場徒然而已，畢竟人生哪來這麼多奇蹟。

就如現在，我一無所獲地返回原點。

那個只有蟑螂和便當盒的垃圾站。

我揪起衣領胡亂擦個汗，眞的找遍這個區域了嗎？

不對，有個地方是我潛意識一直躲遠的，因爲在那邊惹麻煩的話，眞的會好麻煩，始終我心底還是想要安分過日子。

我需要這份工作，雖然頗薄酬但總比沒有好。

要是再不回去，經理回來不見我，絕對會被當成曠職。

諸如此類的現實想法並不是沒有，然而我還是一步一步走向凌晨時分仍傳來喧譁聲的球場。

當時驅使我前進的，那個叫好像什麼——英雄感。

這個世代裡最沒價值的東西。

平日跟尊嚴一樣最先會被丟棄的東西，現在卻像氣球般膨脹，支配著大腦行動。

最後，我在擾人清夢的嬉笑怒罵之中，聽見了狗的悲鳴。

☾

這個時間，球場的照明早就關掉了。

唯獨球場中央仍閃著五顏六色的改裝單車燈，與電筒之類的慘白燈光，照著一隻孤伶伶的狗。幾個人踩著滑板，把牠當成障礙物般，跳得過就歡呼，跳不過就大笑。

你的原力呢尤達！別像隻狗一樣只懂縮成一團啊！

不過我也明白那群人真的不好對付，畢竟我在這邊打工就常聽見那個誰報了警，但過一陣子總是故態復萌。

我有可以突破重圍的勝算嗎？

動之以情的勸阻？說什麼人皆有惻隱之心，施主我勸你們放這隻外星畜牲一條生路，善有善報，福有攸歸，然後他們就會痛哭流涕痛改前非，立地成佛，下次考試還取得一百分，可喜可賀——想也知道根本行不通。

要做方丈，就要做個小器的才有用。

可惜我東張西望了幾遍，身旁就只有一輛沒有上鎖的單車。

尤達又在悲鳴了。

唉，罷了。

我脫下便利店的員工服。

撒手一搏，單車變摩托。

老爸過世多少年，其實我沒認真數算過。

畢竟每天睜開眼就要處理的、煩惱的，都足以耗盡所有腦容量，才沒有那個空隙回望過去。

可是，坐上單車，極速闖進球場的剎那，我忽然回想起小時候的某段瑣碎時光。

那個時候妹頭未出世，老弟還在學爬，我和老爸坐在沙發看電視。

老媽在廚房炒著什麼，整個房子瀰漫著可口的飯菜香，黃昏照在收拾整齊的飯桌，伴隨叮叮咚咚的炒菜聲，電視播放著成語動畫廊。

狐假虎威。

因爲早就學過了，不論製作人員如何努力，把成語表現得怎麼生動，學過了的東西看著還是有點乏味。

這個時候，老爸忽然開口。

「出社會以後啊，狐假虎威是一種常見的生存方式。」

當時還是小孩子的我，怎麼想都覺得很難接受。

不是嗎？明明就是狐狸不對。

現在我總算能體會了。

爲了生存，必須拚命想盡辦法。

即使是說謊。

即使是渾身骯髒。

即使是，假借他人的力量——

我用單車，硬生生撞倒快要輾過尤達的單車。

正確而言是炒[5]在一起。

快。

要搶在這群人反應過來之前爬起來，抱住尤達。

「警察——這邊！」

我對著球場的另一端用盡氣力大叫，然後用盡氣力抱住尤達狂奔。

我發誓我這輩子從來未跑得像這刻那麼快。

看來我肺活量仍然不錯。

☾

那群麻煩的傢伙究竟有沒有被我聲東擊西呢？

應該是有，但似乎沒有很成功。

這夜的街道很嘈吵，沒想到某天我也會成爲擾人清夢的元凶。後來好像眞的有誰報了警，擾攘了一段時間，最終全都被驅散了。

他們始終說不出深夜流連的正當理由吧？因爲被撞破虐待動物，想要復仇於是在街上四處奔走什麼的。

爲何我都知道？因爲當他們在垃圾站前被警察攔截時，我就恰恰躲在附近。

和尤達一起，躲在散發著惡臭的垃圾堆之中。

這個世界，最令人厭惡的地方才是最安全的地方。

不知道尤達是臭昏了還是牠略懂情況，牠一直乖乖在我員工服裡一動不動。

5 炒：即「炒車」，在香港有車輛相撞之意。

原來睡著了啊！

唉，眞是頭好命的狗。

直到我放膽推開大包小包的垃圾，天色差不多發白了，我還嚇著了剛來上班的清潔阿叔。

阿叔的髒話與咒罵不難應付，難應付的只有一個吧？

「臭傢伙，你都竄到哪嘔——幹，眞的好臭！」

「小子你都到哪裡了啊？」

經理和蘭姨不停乾嘔，至少還有尤達夠義氣沒有嫌棄我。

「找到了。」

我指指蘭姨手上的告示，他們反而給了我一個奇怪的眼神。

「阿望啊，最近很急用錢嗎？」

「這不是最近的事了。」

「是看上那個妹妹嗎？」

「那會有報應的。」

原來他們是這樣想啊。

不，正常也會這樣想吧，沒人會願意爲了頭狗捨身到這地步，若沒有利益的話。

想來，我眞的做了件很蠢的事。

我甚至連狗的主人也算不上認識。

可是，我沒辦法對那張哭臉視若無睹。

後來經理跟著告示上的聯絡方式打過去了，因爲我眞的很臭，經理要我留在貨倉不要出來，說別嚇壞人。

我只能從門的那一小塊玻璃窗偷看又偷看。

最後林菁兒並沒有出現。

來的是她爸爸。

報酬還他媽的給經理袋袋平安了。

六合彩也理所當然的沒有中。

回到家也被妹頭和老媽嫌棄了一整個早上。

徹底地白忙一場。

☾

星期一的筆記本，不意外傳來了喜訊。

尤達回家了！！！

(≧ε≦)

Miss A.M.

不只這句，她還不吝嗇地報告尤達在哪間便利店尋回，回來的時候好臭但是好感動之類之類。

這次我沒有回應，只握起筆延續了森林的故事，一個有關狼如何從豺群中救出八哥小妖精，小紅帽卻不知道的支線。

我想她這輩子都不會知道，我和尤達經歷過的事。

說不定尤達一覺醒來也忘了。

眞是徹底地白忙一場。

我正打算把這件事看待成積陰德的善事，希望接下來會身體健康扛好家計，結果我似乎小看了林菁兒。

我回到便利店打工時，蘭姨偷偷捧著一盒蛋糕出現了。

「是那妹妹送來的啦！說是謝禮，我就立即收起來不給經理看到！」

蘭姨，做得好！

「來，我們分著吃——」

「哈嚏！」

蘭姨對不起，如果不對著蛋糕噴口水的話我會心理不平衡。

這晚我一個人窩在飲料架後吃了一整晚蛋糕。

好撐，不過總算賺回來了。

林菁兒，她根本就是製造奇蹟的世界扭曲點吧？

03
借火

「大哥，最近你是不是戀愛了？」

這天難得休假，我睡了大半天才捨得起床。還沒到兼職時間，夜校的時間倒是到了，可是我根本不是學生，幹嗎要每天準時出現？眞的勤奮上進聽課就算了，回去也只是爲了更新筆記本的進度吧？

正當我努力勸自己別太擅自期待什麼，控制自己別太過態時，妹頭忽然開口問。空氣突然安靜了，顯得電腦播放的歌曲特別吵耳。

「什麼鬼？」

「沒啊，就最近看你心情好像很不錯？」

她盤坐在電腦椅，吃著杯麵，一臉興趣盎然地看著我。

眞難得丟下四至五個訊息視窗來關心我啊，平日叫破喉嚨都不見得這個叛逆期少女會回應半句。

「心情好跟戀愛有什麼關係？」

「咦咦咦——你這是不否認耶！」

不，我這叫不表態。

可惜這個三八的內心原本就有預定答案，整個熱心起來。

「嫂子長什麼樣的？有照片嗎？有沒有ＭＳＮ？Xanga？Blog？比較老派的Flash板？ＩＣＱ？」

她把口中那團麵吐回去，拚命追問。先不管原來Flash板和ＩＣＱ已經是老派，她好歹是個女孩子，坐姿、吃相要不要那麼豪邁？

算了，別要求太高。

我家的資質才不可能養出一個林菁兒。

「長得很像尤達啊。」

「尤達？誰啊？香港的？台灣的？」

外星的。

見妹頭一臉雀躍，似乎很值得我耍她一頓，沒想到她茫無頭緒。那應該是很有名的電影吧？只是從床邊的台灣偶像組合海報看來，她的世界也暫時只有這些了。

還是早點出門上班，就這樣懸著答案害她煞費思量個半天也不錯。

好奇心害死貓，好爽。

「等等先別走啦！尤是哪個尤？」

「性感尤物的尤。」

「哇！還性感耶——怎麼打？怎麼打啦！水田？卜木[6]？」

無知到連要白目都有難度。

眞令人火大啊，這三八書都讀到哪了？我索然關上大門，走到電腦前搶過鍵盤——

她的網頁怎麼顯示著各款名牌男用背包？

可疑的並不是她在瀏覽什麼。

而是她不希望我看到她在瀏覽什麼，慌亂按下ALT和F4。

太遲了。

6 水田、卜木：此爲香港慣用的速成輸入法字碼。「水田」會打出「油」字；「卜木」會打出「遊」字。

該說，我家的電腦太舊反應太慢了。

妹頭默默不作聲，專心吃著杯麵，心虛原來會使人變淑女。

原來「不安」一旦燃起，人就會對世上萬物觀察入微，接著便會發現更多疑問。

「喂，妳怎麼在吃杯麵？」

「爲什麼不能吃？」

「外賣也比這個健康吧？給妳的零用錢都花到哪？」

「就、減肥啦！」

「杯麵不是更胖嗎？」

「要你管！煩不煩啊快去上班啦！」

妹頭怒罵了一句，便戴上耳機逃進她的世界裡去。

我內心十萬個幹。

最幹的是即使把那十萬個幹咆哮出來，她也只會充耳不聞然後逃得更遠，我只能抱著十萬個幹和十萬個爲什麼出門上班。

好奇心害死貓，幹！

☾

杯麵、男用名牌包、單親的叛逆期少女。

不管再怎麼排序，聯想到的畫面都很糟糕。

我甚至問了水電工的同事，那些識貨之人說了大概價錢後，感覺就更糟糕了。

一直以來我總擔心老弟和妹頭在學校被人瞧不起，所以該給的零用錢我從來沒有少給。

省著用的話，一星期大概就能買手機吊飾或漫畫。

一個半月左右說不定也能買套偶像組合的ＤＶＤ。

可是，如果目標是名牌包呢？

需要熬多少天的杯麵？

究竟從何時開始，怎麼我都沒有發現？

妹頭說最近見我心情都很不錯。她說的最近，其實也只有她上學前和我下班後的早餐時段。

那匆忙的半小時，她察覺我心情變好了，我卻沒發現她出了岔子。我最近是不是過得太輕率了？就因爲一本筆記本、一個說不上認識的人，自顧自沉溺在不可能觸及的虛幻當中，忽略了一直以來最重要的事物。

不過那些事情怎樣也好。

現在最重要的是要怎麼讓她說實話，要怎麼才能阻止事情惡化下去？我是個粗漢，還快大妹頭一輪，一點都不懂小女孩的心思，也不懂得溫柔講話，尤其妹頭本來就很倔強，每次管教沒兩句我就忍不住火大，最後往往都要老弟或老媽出面調停。

和她硬碰硬，得到的絕對不會是眞相，而是滿肚怒火罷了。

既然沒辦法直接進攻，那唯有從旁敲擊。

「只是不喜歡被人看著上網而已？我沒覺得她有什麼不妥啊？」

這是跟她年紀相若，相處時間也比我長的老弟不耐煩回覆。

「孩子大了要談戀愛是阻不了啦，我也年輕過，那種事我懂的。」

這是同爲女性和孩子們的老媽輕鬆笑著回覆。

這兩天我努力擠出時間留在家裡，得到的卻是另外兩人的不以為然。老弟就算了，我還以為老媽會多幾分緊張和危機感，結果她就悠閒地在那邊話想當年起來。

怎麼這兩個人一點都不著緊了？

現在問題不是談戀愛好不？

「辛辛苦苦養大妹頭並不是為了給人騙啊！」

我很清楚。

因為我見過不少。

那些無心向學、缺乏溫暖的少女，跟我妹一樣蠢蠢的、滿腦帥哥和愛情的少女，她們持續被放逐的下場。

那些零碎而坎坷的畫面我從來沒在意過，現在卻全都堆疊起來，我可不想她們的遭遇變成了我妹未來的預告。

「阿望啊。」

怎麼了？

「你跟你爸的性子眞是同個模子出來。」

我努力壓抑著快要噴發的不安之際，老媽卻平靜地看著神壇上的黑白照，微笑又無奈。

怎麼忽然扯到老爸那邊去了？

「好啦！我會好好跟妹妹聊聊，你中午要上班，快去補眠！可別又要我多擔心一個。」

老媽隨便敷衍幾句便將我推出廚房，累積下來的疑問沒有減少，只有手臂多了洗碗過後的水珠和冰涼。

雖然老媽答應了，可是她在家的時間其實沒比我多。

或許，這就是被危險趁虛而入的原因。

妹頭出世以來便沒有一般平凡幸福的家庭。

爲了彌補這個遺憾，我伸盡手臂亦拚了命，我清楚當中難免會忽略了什麼，然而沒辦法，現實就是沒辦法兩者完美兼顧，結果就是只能出問題的時候才來亡羊補牢。

費盡心機到最後，我只能坐在本來不屬於我的位子，埋頭喘息和苦惱。我看著黑板上一堆花碌碌的數學，腦袋混亂到差點就要在課室點起菸來。

我覺得有點走投無路了。

這可不是不溫習或是東西亂放之類的小爭小吵，要是稍一不慎，走錯了一步，妹頭便會把所有事情包括她自己藏到我們永遠不能觸及之處。

……你還在嗎？

還好嗎？

有我可以幫忙的事嗎？即使是聆聽也可以啊……：）

Miss A.M.

慘白的紙頁上，那句「你還在嗎？」顯得有點寂寞。

自從感覺妹頭出了岔子，我便沒打開過林菁兒的筆記本。

即使我知道那根本無助減少疏忽家人的罪惡感。

我們的對話就停頓在她的慰問，故事裡的小紅帽也因爲找不到狼的新足跡而迷路在森林裡頭。

她的那句「還好嗎？」是出於什麼心態？

是我沒能回應她的期待而失落嗎？究竟是要有多天眞才會去關心一個素未謀面的陌生人？這個階段的女生爲什麼看起來都破綻百出，輕易引狼入室呢？

我怎麼還有空想這個？

看著筆記本上圓滾滾的字跡，我沒打算回應。

實在不忍心告訴她，她眞的沒有可以幫忙的事。

連聆聽也不可以。

我不想摧毀分割現實的那條界線。

不想被她看見我身上的千瘡百孔——

不過，姑且問問看吧？

我已經走投無路了。

如何才能令女孩子說實話？

同樣是女孩子、年齡沒有差很多、頭腦應該算不錯，說不定從林菁兒的角度會看到不一樣的東西吧？說實話，我對林菁兒沒抱有任何期待，畢竟生活在溫室中的小花能夠給出什麼有深度的意見？

☾

不是針對女孩子可以嗎？

平心靜氣問三次同樣問題，心虛的人便會以為被悉破，於是坦白從寬？

Miss A.M.

二十四小時後，總算有人直面面對我至今以來的疑問。

可是感覺不太靠譜。

只要問三次就能知道答案，這是什麼鬼魔法？

不過也證明了，無論什麼方法，如果想要得到真相，跟妹頭正面交談是無可避免的局面。

偷看她手機或是MSN之類的當然也是可以，不過倘若走到這一步就要有永遠不再被她信任的心理準備。

始終我還是希望這個家會是我們的避風港，即使是家徒四壁。

對了，今晚老弟好像不用上補習班？要是我和妹頭談不攏，至少也有他在場擺平。

我臨時跟便利店請了假，直奔回家。

畢竟要是家中出了什麼狀況，再賺更多也沒意義。

「啊——大哥今天那麼早回家？」

「嗯，今天便利店沒排班。」

結果，我、妹頭，還有老弟，湊巧就在大廈門口前碰面了。

我在陽台抽菸，看著屋內打開電腦的妹頭，和正在弄晚飯的老弟，大概是不對的人出現在不正常的時段，又或許是我暗地裡太緊張，雖然大家各自做著不同的事務，可是總覺得家中氣氛好像帶點暴風雨前夕的感覺。

下決心要問出真相來，然而又該怎麼開口？要是以我自己的方式直接切入正題，絕對會像上次般鬧僵。

這個時候，那些外表圓滾滾、內容不靠譜的文字不停浮現眼前。或許吧——依照林菁兒的建議或許不錯，可能沒能問出什麼，但至少也可以和平開局，平和收場。

「你們呢？怎麼都晚回家了？」

「今天不用補習所以去找參考書啦，然後就碰見阿妹了。」

「對啊，和同學逛晚了。」

妹頭每次說謊都會先皺眉的習性出現了。

好，第二遍。

「回家前，都做了什麼嗎？」

「就說和同學逛晚了呀？」

深呼吸，別因爲對方兩句不到就一臉不耐煩而破壞布局。

要平心靜氣。

要自然而然。

幹，原來挺難的。

老弟似乎見氣氛不對，於是生硬地聊起今天學校的事，妹頭也湊合說著討論區上瑣碎而熱門的話題，說說笑笑了一會，氣氛總算恢復過。

眞的問上三次就能知道眞相？

我按部就班了兩步還是沒能窺探出端倪，白目般反覆問上同樣的問題，怎麼看都是惹人火大的機率比較大。

罷了，反正老弟在場沒什麼破局須要顧慮。

來給我看看林菁兒還能創造什麼奇蹟吧？

「所以說，放學後妳去哪了？」

「煩不煩啊——究竟要說幾遍才相信啊！」

我平心靜氣地放下筷子，妹頭卻激動得用力拍桌，一切就如我所想般，破局了——除了老弟在狂笑。

「我看還是算了吧？阿妹妳實在太蠢啦，老大早就發現了。」

「什麼啦！是大哥太煩人太小心眼而已！」

好啊，老弟原來一直知情不報，這兩個屁孩究竟瞞著我什麼？他們你推我撞了一會，最後妹頭不情不願，從書包掏出了一個新簇簇的男用背包。

眞相，疑幻疑眞地遞到面前來。

「我們湊數買的，不是很有名的牌子但聽說手工不錯。」

「又老又不識趣，再配個補丁到不能再補的背包，我怕我們這輩子都沒大嫂了！」

「等一下，零用錢是我給的，用我的錢買禮物給我，我究竟還要不要道謝？」

再說無功不受祿，幹嗎忽然送禮了？

「你白痴啊？自己生日都忘掉了嗎？」

「本來想著明早你下班看到絕對很驚喜，現在只好提早送了吧？」

原來明天是我生日嗎？

我瞄了一下月曆，確定自己身在何年何月，確定自己不是在作夢。

懸空了接近一星期的心臟總算著落了。

看來我也是時候告訴他們眞相。

「妹頭妳知道嗎？」

「什麼？」

「我以為妳熬杯麵養小白臉了。」

杯麵、男用名牌包、單親的叛逆期少女——我把悶在心底接近一星期的擔憂坦誠告之。相距謎底二萬八千里，情理之中意料之外的假設，想當然惹來了老弟的大爆笑，還有妹頭惱羞成怒的叫罵。對不起懷疑錯了，誰教妳又蠢又滿腦帥哥和戀愛八卦。不過老弟才教我另眼相看，已經長大到撒謊時面不紅氣不喘了，別唸書了，去做影帝啊混蛋。

想起來那天早上老媽的對答和反應，她應該也是知情的吧？

雖然怪尷尬的……不過如果換成老爸，大家都是老粗人，大概我們的想法可能真的差不多。

其實你們好，就好。

☾

禮物收到了，誤會解開了，我正以為這場鬧劇總算告一段落……沒想到後續影響會那麼深遠。

一切還好嗎？

希望即使是說謊，也不會是個太大傷害的謊言。T_T

Miss A.M.

原來是生日驚喜，被狠狠耍了。

抱歉。

生日快樂！

總之……沒事實在太好了！^_^

Miss A.M.

沒事才有鬼。

自那天之後，林菁兒好像變冷淡了。

沒有見面、沒有聲音，單憑紙上的字句就說自己能讀出當中的情緒似乎有點武斷，也太自以爲是。

我沒辦法確實說明是哪裡出問題，可是的確是有哪裡不對勁。

例如說，她忽然不再主動閒聊。

起初我也不以爲然，直到接龍故事亦以迅雷不及掩耳的速度每天收掉一個伏筆，我才察覺到她簡直是打算把所有事情匆匆結束掉。

故事裡的森林不再和諧，就連現實中的我們也愈來愈少交流。基本上被她打斷了幾次劇情展開，想要閒聊又被無視後，我便索性什麼都不幹了，只寫寫夜景、寫寫花花草草，還有一些無關痛癢的垃圾話，徹底抽身看看林菁兒想要憑一己之力寫出什麼結局來。

不知道她有沒有發現我的消極配合，我倒是看出她非常拚命地寫，圓滾滾的字跡甚至因爲筆速而充滿稜角。

課業太忙？壓力太大？心情不好？

還是膩了？

盤旋內心的疑問始終沒有化成文字。

一來問了不見得她會老實回答。

二來問了說不定就眞的要結束了。

我只能從簡短的字句和故事情節感受到轉變，但基於什麼原因我始終無法猜透，正如早陣子所說，我是個大老粗，哪裡懂得少女的心思。

眞是令人煩躁。

不僅是因爲控制不住失控的故事和林菁兒，也不僅是因爲難以理解她冷淡的原因，更多的是我不明白她在堅持什麼。

如果厭倦了、膩了，直接斷尾不就好了嗎？在討論區隨便搜一搜也就能抓出一大把沒有下文的主題帖。林菁兒卻在那邊堅持地寫，彷彿要把一堵有缺口的圍牆一磚一瓦地重新堆疊起來，將不該闖進她生活的、奇怪的傢伙重新隔絕回去。

然而最令人煩躁的也不是這個。

而是我也不知道自己在堅持什麼。

看不爽的話不去看就好，可笑的是我就這麼每天坐在同一個位子，自虐般看著她把我們的連結畫上一個又一個句號。

林菁兒單打獨鬥到後期，故事莫名其妙多了一個「魔女」的角色。

魔女的主要戲分是勸小紅帽放棄尋找狼，又用上很多把戲去討狼的歡心，最後在小紅帽協助下，魔女和狼順利一起生活——這是哪齣八點檔老掉牙的三角戀劇情？

唯獨無論我抱有何等的不滿和疑惑，故事就這樣單方面被林菁兒結束掉。

空白的橫線中央，寫上了「完」。

然後，她終於再次主動留言：

謝謝你這段時間陪我玩接龍遊戲。

最後，祝福你們 :)

Miss A.M.

祝福個什麼鬼？

「你們」又是什麼鬼？

這半個月以來所累積的不爽，就因她這句莫名其妙的祝福炸開來。

我握起筆，將那個「完」字——不，我把那頁垃圾到連貓也啃不下的結局直接撕掉，氣勢如虹一口氣寫了五頁紙，把她所寫的硬生生扭轉過來。

記得林菁兒說過不喜歡悲劇那種尚未完結的感覺——

孤狼毫不猶疑把魔女咬死，遍地的鮮血在滿月下泛起微光。

真抱歉，我就是個他媽的擅長寫Sad Ending的混蛋。

既然她說「最後」，或許她不會再看筆記本了，所以這次總算換我盡情寫個爽吧？

結果翌晚我一打開筆記本，就發現被罵了。

你為什麼要把女朋友寫死！

過分！！！你不覺得這樣很對不起她嗎！>田<

「張啓航，你要去哪？」

「大便！」

我隨便敷衍一句，沒管老師有沒有批准便走出課室。在學的時候常常看見學長偷偷在廁所抽菸，沒想到我居然在畢業N年後才有機會做這種事。

昨晚有個醉酒大叔走進便利店，他鬧事；我道歉。

今天師傅賭馬輸了擺著黑臭臉，他發洩；我道歉。

來啊，還有誰還要來無理取鬧？媽的都衝著我來就對了。

不就一個故事而已，我是要對虛構角色產生什麼內疚感？啊所以呢？打網遊轟爆別人的頭是不是要去自首坐牢？看鬼片嚇到失眠是不是可以要求片商出來謝罪？

直到第二支菸頭也丟進馬桶，平白無端被找碴的怒火漸漸平息，理智開始恢復運作。

有沒有覺得我跟林菁兒愈來愈牛頭不對馬嘴？

林菁兒縱使入世未深，但應該還不至於眞假不分。

她眞的是在惱怒我寫死一個角色嗎？

我們的故事的確有虛構的部分，然而也有著眞實的部分。我便曾經寫下尤達回家的過程，雖然對她而言純粹虛構。她也曾把不喜歡的老師寫進去，於是我用狼將老師教訓了一頓，她還笑說這樣做很壞心但意外頗抒壓。

所以魔女的出現未必是空穴來風。

或許林菁兒眞的認爲有這麼一個人存在，因此才會出現「祝福你們」這種風馬牛不相及的留言，還因爲我狠心賜死而生氣。

可是這樣又百思不得其解了，我做過什麼令林菁兒有這種誤會——

啊——幹！

某個念頭一閃而過，我急步跑回課室，將早陣子的對話和故事重新仔細看一遍。

砰！

接著索然將頭砸在桌上。

如果這樣可以刺激大腦令它聰明一點，我恨不得多砸幾次。怎麼總是該用腦的時候不用，不須尋根究柢的時候想像力卻突破天際。

「張啓航！你今天一直這樣那樣，有沒有想要專心上課？」

抱歉，張啓航不在這裡，而我也從來沒專心過。

看著筆記本上那些粗糙的暗喻，還有那個超級生氣的表情符號，林菁兒隱藏在字裡行間的心事，如今我終於意會到了。她在便利店裡含淚癟嘴的委屈模樣同時襲來，囤積至今的不滿和不爽也登時煙消雲散。

沒誰須要怒惱，除了我自己。

結果把事情弄得那麼僵的元凶，原來是我自己。

當初說得不清不楚，害林菁兒誤會了。

謎團豁然明朗，當下我渾然忘掉報應論、忘掉自己所設下的界線，只想著還能否亡羊補牢。

我沒有女朋友，故事和現實都沒有。

上次提到的那個是親妹，順道說我還有個弟弟，一個中二，一個中五。

林菁兒從沒有直接說明她冷淡的原因，所以我也不好直接澄清什麼，不然我大概就會寫「我才不是那種已有女朋友還偷吃學生妹的人渣」。只提及妹頭說不定又會被看待成詭辯，於是我一併把老弟供出來，希望能添加一點可信性。

突然發現，原來我並沒有對林菁兒那麼瞭若指掌。她不如我想像中那麼脆弱，稍一發現不妥便立即抽身，亦懂得對人類這物種抱持懷疑，也會一點小花招令撒謊的人無法招架。

如果林菁兒不再相信我，對她而言其實是件好事，要是太好拐了，就連我這個素未謀面的人也不禁替她父母感到憂心。

總之，我實在沒有把握。

畢竟有什麼理據要求別人相信一個陌生人？

我抱著覺悟，度過了心情大起大落的二十四小時。

結果。

生日後的半個月，我在課室的抽屜收到一份遲來的生日禮物。

狼圖案的打火機，底部刻上了「P.M.H.B」。

謝謝。

不過妳怎麼知道我抽菸？

不告訴你！ >^<

Miss. A.M.

所有心理建設都瓦解了，我猝不及防被她再將一軍。

聰明卻笨拙，會耍小心機同時又單純到有點可愛，是不是這個階段的女生都混沌得像小惡魔？我是不是小看了她們所擁有的致命威力了？怪不得古今中外都極力推崇學生妹。

這種打火機說貴也不算貴，如果是學生的話還是會有點吃力吧？究竟花了多少錢還有多少時間和心思選禮物了？不過她有時間做這種事嗎，早上看到留言，午飯跑去買？還是說早就買好了只礙於我有女朋友——

唉。

明明都老大不小，就別像個純情學生，伏在桌上胡思亂想個半天。

無論如何……

P.M.，生日快樂。

04
濛

聽說這個世界好像存在著什麼相對論。

所有事情都是相對，當中最能體現這理論的例子，大概就是當日子過得愈快樂時，時間就會過得愈快。

學校放完聖誕節假後，林菁兒告訴我一月底開始會放Study Leave。

我抄下這句英文去問老師，才知道高考生和會考生跟其他年級不同，學校會提早一個多月放假以便這些應考生專心溫習。還好現在我預先知道了，不然某天休班看到老弟在家的話，大概會嚇一跳以爲出了什麼事沒去上學，然後又反過來被嘲笑吧。

Study Leave。

對學生而言是常識的事情，我半點概念也沒有。

林菁兒甚至沒想過我會有看沒有懂，直接就用上英文字詞。

但是啊，我會回來補課和自習！

所以直到真正畢業前都還能聊天啊！

不過……可能不會像現在那麼頻密了……

既然都要準備考試，不專心溫習真的好嗎？

Miss A.M.

呃呃呃——可是！還是得放鬆小休一下嘛！>A<

真的沒關係所以不要丟下我啊——Q_Q

Miss A.M.

投降。

是不是沒有人教她別隨便跟陌生人撒嬌？

對學生而言，會考和高考是第一和第二個重要的里程碑。多年的努力就賭注一個考試上，接下來的人生走向是近抄還是遠路、是輕鬆還是吃力，大多就看這兩次成績表了。

想必壓力很大吧？要是和我聊天是她僅存的放鬆心情時間，那我再勉強她專注說不定會有反效果。就像我都常跟老弟說，溫書很重要但可別逼瘋自己，太緊張就和我來局「拳皇」，然後他都用中指回應我。

提及考試之後，我們的話題亦漸漸由「近況」轉變成「未來」。

林菁兒說，她想成爲獸醫。

那時候她還說香港沒有相關課程，要唸的話就可能要去台灣和澳洲，一去便至少五至六年。

醫科——不論對象是人還是狗，只要是有料子考進去的都必定聰明有學識吧？具體而言我對醫生的想像也就只有電視台的那套連續劇而已。

她說的未來，是我伸手不及的，甚至就像隔了個星球般遙遠。

那麼……你呢？

可以告訴我考試後你會想做什麼嗎？0.0

Miss. A.M.

我很久沒想像過自己能擁有什麼未來。

我的願望一直很簡單，就是拉著家人平安抵達每個明天，推著他們前進到我沒能到達的道路。

而我自己的未來呢？

小時候作文說想做太空人，升中的時候開始喜歡寫故事，就想成為一名風流倜儻的說書人之類的……那些早已被無情的現實和歲月輾壓成殘渣的憧憬，驀然一點一滴重新組織起來。

即便如此，也不可能實現了。

我啊。

想去考駕照。

或是中六合彩也可以。

亂想一通到最後，我老實寫下認為可行性最高也最為迫切的願望。

待妹頭懂事一點、待老弟出社會自立一點，手頭可鬆動一點的時候，我大概會去考個駕照。如果持續做勞力工作，有個專業執照的話薪水始終高一點。

眞是個實際到完全不浪漫的想法。

畢竟浪漫必定與現實充滿距離。

就像我私心也希望和她相處的時間可以延續下去。

事實是，我甚至沒能等到她考試完畢。

我們這邊的工程差不多接近尾聲，當然我沒有告知林菁兒這回事，因爲在她的認知中我是這裡的夜校生，何必刻意戳破這個映照著美好的泡泡？

考試和離別，正每分每秒地倒數。

只要工程一完結，我便失去任何藉口和她聯繫。

沒有什麼什麼不好。

我看著快要滿滿一本、密密麻麻的接龍故事和閒聊，當初也是這麼想：搞不好哪天哪個誰沒再回應，這場遊戲便就此告終。

這樣就好，點到即止就好。

尤其經歷「未來」這個話題，令我再次深刻地認知。

林菁兒是活在璀璨陽光下的小紅帽，而我是在黑夜裡苟延殘喘的狼。

我們終究是兩個世界的人。

☾

我一直很清楚，我與林菁兒之間早已有個限期。

而這個限期早已被工期和學期決定了。

唯獨誰也沒料到當初純粹殺時間的筆友遊戲，會牽扯出種種意料之外。

更沒想到的是，林菁兒比我想像中還要投入這場遊戲之中。似乎終於意識到往後的日子將會愈來愈難以聯繫，留言變得愈來愈詳細，好像就只差把後續的聯絡方式留下來或問出口而已。

因為這樣做，好像就把什麼戳破了，失去了那層夢幻鍍膜。

明明就只剩下寥寥無幾的二十多天，我們還在那邊欲言又止，留下很多比以往更天馬行空的閒扯。如果筆記本是個棋盤，感覺我們就在刻意躲避著對方，不約而同走著無意義的步履，只希望這局能延長一點。

事實是，時間仍然在匆匆流逝。

我們曾經嚮往的那抹神祕感，此時彷彿成爲我們最難跨越的界線。

直至不得不面對的那天，菁兒衝前走了我從沒想過的一步。

今天是最後上課日！>ε<)/

我帶了數碼相機和同學朋友還有老師一起拍照，拍了很多很多超——滿足！

平日擔心弄髒的校服現在滿滿都是簽名，最後我們還躲到天台樓梯轉角聊天，

這還是我人生第一次蹺課，中五都沒這麼做過！@o@

完全沒在聽課，徹底玩瘋了！XD

現在寫這些的時候，其實已經放學了啊。

課室都沒人在了，有點冷清呢。/﹏\

玩鬧了一整天，感覺還是欠了點什麼……

可能是因為……

你不在。

明明坐在同個位子上，活生生存在的人，直到學期完結卻沒碰過面。

或許你不知道，這個位子能看到日落啊！

冬季天氣好，日照時間短的時候，會有黃昏照亮這張桌子。

有時候我會伏在桌面上想啊……

是不是黃昏的魔法把你帶來了呢？

是不是黃昏把我們相隔開來了呢？

我呢……其實還有一個心願。(‘艸’)

放縱了自己一整天，感覺夠勇敢能說出口了啊……

要是我考進大學，你能成為晚上第一個恭喜我的人嗎？

Miss A.M.

林菁兒終究沒詢問其他聯絡方式，到最後她仍然想要保持這種虛無縹緲的交流。

這也好，畢竟這也是我的最後防線了。

只是我也沒有想到她行動力那麼高，要麼把故事搬到現實去，要麼就此結束掉似的，直接跳過很多步驟，大膽請求碰面。

最後的上課日，要是我還答應她見面，這天一定會變得更圓滿吧？

可惜我就是個只會毀人美夢的傢伙。

下課鐘聲響起，我毅然蓋上筆記本，沒有寫下半個字。

林菁兒心中的P.M.大概是一個會抽菸、會寫故事的憂鬱帥氣文學系大哥哥，因爲我或多或少在閒聊胡扯時曾給予她這樣的幻想。

可惜現實總是令人難堪得過分。

這裡並沒有少女漫畫那種自帶花瓣閃粉的富家少爺，也沒有偶像劇那種充滿陽光活力、髮泥不用錢的高大帥哥，這個課室化成彩池的話，她能選到的只有早已成家立室卻中年失業的禿頭大叔、已經其貌不揚還猛開黃腔的飢渴青年，還有渾身泥水、菸味家境貧困的水電學徒。

滿懷期待的新年假期後只剩下空蕩蕩的失落，完全不難想像林菁兒癟嘴失落的樣子，誰教她還未弄清楚對方是誰就已經對素未謀面的人抱有太多好奇和感情。

不過——

這次不只是她太天真。

更多只是我沒骨氣而已。

☾

辛苦了三百六十五天，終於迎來了新年。

新年真的很不錯。

水電師傅請客之餘還能收紅包，便利店的老顧客也會派紅包，重點是整個新年都是散工旺季，單是宴席捧餐員一天下來也能賺不少。

不過老媽說，新年怎麼也得要團圓。因此即使妹頭想跟朋友逛街、老弟想和同學溫習，我想拚命打工，統統都被勒令推掉了。上年是年初一，今年是年初三。

我們家沒有買賀年食品的習慣，每年唯一的一塊年糕也是鄰居婆婆做多了送給我們，而今年妹頭的廚藝亦一如以往，完美糟蹋婆婆的一片心意。

「下年一定會成功啦，今年也繼續將就吃吧！」

「一年又一年，婆婆究竟要有多長命才看得見妳成功——」

媽的！嘲諷妳的是老弟好嗎，幹嗎我也要挨打，偷笑有罪是不是！

「好啦快點吃，你們三兄妹多大了，怎麼還能吵鬧成這樣？」

初三赤口[7]就是要吵架啊老媽。

想來也是，一年下來的確沒幾天是一家人可以好好聚在一起，新年的意義其實也就這樣吧？一些平日難以碰面的人聚聚聊聊。

睡到飽吃到飽，本以爲可以和老弟打電動直到晚飯，妹頭也準備追劇到天昏地暗，結果還是逃不過老媽的嘮叨，三兄妹無一倖免被抓出門拜神。

7 赤口：香港人相信每年正月初三當天容易和人發生爭執。

這也好，我其實也挺不想過得太悠閒，有點事情忙著比較好。因爲只要腦袋放空，某些被我刻意忽略的人和事就會不知廉恥地浮現，比鬧鐘還要準時和煩心。

就如現在，一下不留神就在平安符的小攤前打轉。

「財運和事業符在這邊啊，大哥你在找什麼？」

我才剛和妹頭對上眼，她就突然恍然大悟似的，笑得很燦爛。

「哦——哦哦哦！你在找這個對不對？對不對！」

她自作聰明將一道愛情符硬擠到我手上，興奮得又跳又叫，完全不知道自己嚇跑了幾個客人，小攤老闆在她背後非常火大。

我好想裝作不認識她。

「怎麼大呼小叫了……等等，愛情符？」

「聽我說啦，大哥最近啊——」

妹頭的八卦細胞總是在這種時候特別活躍，開始在講上次我亂掰出來的尤達話題。老弟明明想笑卻硬生生忍住，這臭小子明顯知道尤達是什麼但就是要跟著妹頭一起盲起鬨。啊幹！這對弟妹都白養了！

就在妹頭大笑的時候，我把她的頭髮塞進她嘴裡。這裡是佛門清淨地耶，不要髒話連噴好不好？

「女孩子不要罵得那麼難聽啊，別人會以爲妳沒家教！」

「媽——妳大兒子是個神經病！」

不對，妹頭才是個神經病！老媽快把她帶走，這三八的纏人工夫和幻想力已經突破天際了，我開始害怕當她知道尤達的眞面目後會當場捏死我。

最後老媽以快要乘車回家爲由，硬拉著妹頭上廁所，我才能好好把一家人的平安符結帳。

當然不包括那張愛情符。

「咦？不買嗎？」

「戀愛個鬼，養你們都有夠受了。」

我以爲老弟會繼續起鬨，再怎麼善良也至少會趁機酸我兩句。然而他沒有，就只靜靜地看著我結帳。女廁那邊看來要排好久，當我閒著沒事只好走出門口點菸，老弟忽然也跟著來了。

「老大。」

怎麼了？

「我覺得有時候你不用想得太複雜，也不用想得太遙遠。」

不是起鬨也不是八卦。

我菸頭放到唇邊都震驚得忘了抽一口。

「人生在世不一定所有事情都有結果，但要是回想起來全是遺憾的話就太可惜了不是嗎？」

我想我這輩子很難忘記這個畫面吧？空氣充斥著檀香味，人來人往的廟宇牌匾下，在我心中一直是小孩的老弟擺著一副我從來沒見過的認眞表情。

他原本還想說什麼，只是看到老媽和妹頭剛好出來了，這個話題就打住了。

「走囉。」

「我抽完這根再去，你們先去排隊。」

「別抽太多啦，小心陽痿啊。」

我給他一個中指，他回敬我後便跑過去會合。看著他又和妹頭在遠處鬧成一團，我還是不敢想像那種高深的人生體會，會忽然從老弟口中吐出來。縱使我知道他原本就是個懂事聰明的小孩，但這種強烈的成長感也實在太突如其來了。

不用想得太遙遠。

人生在世不一定所有事情都有結果。

要是回想起來全是遺憾的話就太可惜。

我好像能理解了。

《心靈雞湯》會如此暢銷的原因。

它的勵志金句會微妙地戳中人們的痛處，然後注射「我能克服！」的止痛劑，令人有種吃了無敵星星的幻象。

實際上，不可行的事情終究還是不可行。

不過，我想我當時的確被老弟這番話暫時鎮痛了吧？

待他們拐彎走向車站，我毅然丟下菸頭，衝回小攤多買了一道學業符。

唯獨說到眞正將學業符送出去，卻是在工程結束的那天。

老弟的心靈雞湯效果過了後，我翻開筆記本，紙頁的最後記錄仍然是林菁兒提出的請求。

只要看到那一句，我就沒辦法下定決心。

我始終不敢輕率承諾她見面的事。

那時候我終於不得不承認。

我是個懦夫。

總推說形象落差會造成林菁兒失落，到頭來其實只是自己在害怕——害怕海水退潮就知道誰沒穿褲子；害怕面紗揭開了，眞實的自己會被嫌棄，於是拚命找藉口逃避現實而已。

不過身爲一個男人，我怎可能輕易就承認自己是個廢柴？大概平日沒什麼機會表現自尊心，所以它只能挑在這種超級無謂的細節上膨脹吧？我跟自己鬥氣，硬生生將那道學業符夾附到筆記本裡去。

反正是最後了，結果是好是壞我都不須要面對。

林菁兒究竟會喜歡還是嫌惡那道符，我這輩子都沒辦法去確定。

不過我猜嫌惡的機率比較大吧？

第一份送給女生的禮物竟然是道符，換成我大概會撕碎丟掉當作從不認識這個人。更何況我們本來就不熟悉，這下絕對會被認爲是個迷信的傢伙。萬一她是虔誠的基督徒，想必會惹來更強烈反效果——

明明是一份問題相當大的禮物，當時我卻半點也沒考慮到。直到天亮下班回家躺上床，靜下心來才驚覺自己到底做了什麼蠢事。

不過再也沒機會挽救了。

原來我沒有比林菁兒理性多少。

大多數的人都自以爲客觀冷靜懂得抽身，然而眞正能看透世事並且放得開的，實際又有幾多人？

05
十面埋伏

被林菁兒打亂了的生活，終究回歸平常。

起床刷牙洗臉返工，放工回家洗澡爆睡。

師傅的下一單工程在別區，時間對不上所以我沒再去學校，只要缺席到夜校的老師忍不住去聯絡眞正的張啓航，一切就會眞相大白了吧？

這段時間所經歷的事，彷彿從來也沒發生過。

不過偶爾……很偶爾我會夢見林菁兒。

如果是單純的春夢我倒也樂意，可惜我竟然沒骨氣到這個程度。

每次夢見她，我都只看見她在哭泣。

只是場景不再是便利店而是在學校，有時在走廊，有時在課室。在走廊時我會站在她前方，課室的話我就會變成坐在她前方。夢裡我們每次都無言相對，林菁兒一直很委屈地癟起嘴巴，想要強忍但眼淚仍然大顆大顆滴下。

每次我想說對不起的時候，就醒了。

老實說我不認爲林菁兒會因爲我傷心成這樣。

我很清楚那只是我自己不如想像中瀟脫，於是化成了這樣的潛意識，或許某天我能成功開口道歉時，一切才眞正結束。

我原本是眞的這樣認爲。

直到某天工作中途聽到電台替考生加油，於是當晚那個夢又出現了。同樣的情景、同樣的事情、同樣的人物，唯獨結尾有點不一樣。

我終於說出了對不起。

林菁兒沒說什麼，只默默拿起手機，然後我的手機鈴聲便響徹課室。我整個課室找遍了都沒找出手機，最後快要逼瘋得把桌椅翻轉的時候，我才掙扎醒來。

手機眞的在響。

「你媽的！望仔！那個業主突然發爛不收貨，快過來！」

啊幹！出事！

接通的電話只有師傅劈頭一句髒話，嚇得我匆忙梳洗一下便奪門而出。

終於在夢中道歉了，我卻沒如預想般釋懷。

因爲當我跑上巴士，察覺到乘客幾乎全是趕往考場的考生時，我已不自覺從埋頭溫習、垂死掙扎的學生人潮中尋找著那個可能會出現的身影。

想來那個夢會有這種白痴到惹人發笑的後續，大概是因爲連我自己也想像不出林菁兒的回應吧？

突然，有個女孩被後來上車的乘客推擠到我面前來，爲了閃開一個阿叔橫掃了好幾人的包包，她狼狽縮起手臂。

只是她的手一縮一抬，手裡的書便撞到我下巴。察覺自己撞到人了，那個女孩嚇了一跳，於是我和她便因此四目交投。

這個世上有多少人曾經試過，當自己心想著一個人，那個人就立即出現在面前的那種喜悅？

突然覺得業主發爛實在太好了。

即使等下會被心情不好的師傅罵個狗血淋頭也值了。

下期六合彩要買什麼，我都想好了。

撞到我的不是誰，正是林菁兒。

☾

沒錯認也不是作夢。

我跟林菁兒再次碰面了。

跟上次在便利店看到的隨性打扮不同，她現在束起馬尾，帶著單肩袋和耳機，完全一副常見的少女裝扮。

「啊、對不起……」

「沒關係。」

為什麼是妳跟我道歉了？

對望沒有半秒，林菁兒立即移開視線窘困地跟我道歉，她想要走進車廂的更深處，卻無奈太擠了，只好留在原地把握時間低頭溫習。

原來她剛好矮我一個頭。

我也不想像個變態一樣猛盯著她，但我已經迫到牆邊，即使再怎麼迴避，物理上距離還是太近了。

距離近得讓我看到她筆記的英文字密密麻麻又五顏六色，和在學校看到的字跡一樣圓滾滾。

近得我能聽見她的ＭＰ３在播什麼歌。

近得甚至能聞到她洗髮水的香味。

好啦的確頗變態，但男人變態有什麼錯！

要我說的話，比起在課室看著林菁兒哭泣，現在和她一起擠車還比較像個夢。要不是剛剛被書角敲到的下巴還在痛，大概我眞的會認爲自己接過電話後又再倒頭大睡。

第一次覺得在車廂人擠人很開心很幸福。

巴士停站了，林菁兒也開始挪動，她要下車了嗎？

不對。

爲什麼她的神色那麼慌張？

人群鬆動了一點，我才得看到她爲什麼突然一整個慌慌張張——她的耳機線被那個阿叔的大包包勾住了。牽一髮而動全身，林菁兒就這樣被阿叔扯著一仆一拐地走向車門，好死不死她又拿著好幾本書騰不出手來解窘，霎時間六神無主到叫不出聲。

究竟要怎樣的機率，才會出現這種意外？回想起來這意外還真奇葩，不過當時我可沒有這種閒情想這些有的沒的，只知道她大概還沒有到站，卻快要被扯下車了。

沒有多想，我伸手拉住她的手臂。

觸感軟綿綿得像布娃娃一樣。

「喂！阿叔你盲了啊！」

我大聲喝住那個大包包阿叔，不只他停住了，整個車廂的考生都茫然抬起頭來。

林菁兒也被嚇得怔了怔。

明明擠得插針不入的車廂，不知為何在這個時候瞬間就能清空出一大個空間，內裡只站著我、林菁兒、大包包阿叔。

「用得著那麼大聲嗎！」

阿叔嘴裡不饒人回罵了幾句，但還是有好好站著待林菁兒解開耳機線。或許她太緊張，耗了好一會耳機線才解下來。

阿叔下車，車門關上，但是人們的目光仍然零零星星落在我和林菁兒身上。

她一直低下頭不敢張望，卻因為她束起馬尾，所以我還是能看到她的耳朵已經紅成一片。我是不是把她由一個困境推到另一個困境了？而我想到的補償，也就只有假裝準備下車和她交換了站位，換成她倚在牆邊，我則把她擋在身後，替她隔開所有帶著好奇的視線。

我已經有著坐過站的覺悟了，不過林菁兒比我預想中還要早到站。

「禍不單行」這句成語還眞不假。

她正要跟著大批考生一起下車，或許是她太緊張太窘困迫切想要逃離車廂，結果踩了我一下然後自己失平衡，手上的書本散落一地。

我能不能這樣認知——現實中的林菁兒其實是個頗迷糊的女生？單是一個車程就意外連連，甚至我們會成爲筆友也是因爲她在抽屜遺下了筆記本。雖然看著她頻頻出糗很殘忍，但又忍不住覺得她好可愛。

大多數的乘客就這樣跨過地上的物件離開，只有我俯身替她收拾。要是我不認識她，說不定我也是視若無睹的一員吧？我將書本遞向她，碰巧又再次對上了她的視線。

那種帶點惶恐和陌生的眼神，終於令我清醒了幾分。

在我的角度是重遇了。

在她的角度，很可能是不小心撞到看起來很像不良的金髮男，逃不開之餘還被狠狠盯著，雖然被救了但果然還是很可怕。

和上次碰面一樣，時間、地點、身分完全猝不及防。

唯一相同的是，我們終究只是擦身而過的陌生人。只有我一個看到對方的底牌，抱著眞相又不敢把自己的牌曝光，最後只能像個白痴一樣暗爽。

「對不起……」

「沒關係。」

所以說，爲什麼是妳跟我道歉了？

「等等……」

漏撿了東西啦！我本來有足夠時間叫住林菁兒，唯獨我一開口差點就把她的名字叫出來。

閉嘴和猶疑的半秒，她已匆匆接過書本便跑下車。

我看著被遺下的物件，心情有點複雜。

林菁兒遺落下的，是一道摺成心型的學業符。

☾

送出去的學業符，以這種形式回到手上了。

現在我有兩個選項。

一是丟掉，二是還回去。

對林菁兒而言，感覺上是還回去比較好。畢竟會把傳統到老掉牙的學業符做成心型書籤，證明這玩兒在她眼中也算是頗受重視的吧？

可是還回去的話，在我而言不是很矛盾嗎？

沒辦法下定決心承諾對方什麼，卻又在那邊一直單方面藕斷絲連，這什麼？以為自己情聖嗎？實際根本是人渣行為而已。

所以還是算了吧。

我走進廚房決定將學業符丟掉，卻沒想到遇上了早班下班的老媽。

「哥哥原來你放假啊？」

「師傅沒生意，叫我休息幾天。」

不過再沒生意下去就要去地盤做散工了。

「別一放假就只會睡，來幫我洗菜。」

洗菜只是個表面藉口，老媽眞正想做的其實只是找個機會嘮叨而已。從工作到家中大小事務，從菜幾錢斤到水電煤費漲了多少，從妹頭的叛逆期到老弟的學校成績，當所有事情都操心了一輪後，火頭無可避免燒到我身上。

「聽阿妹講你最近認識了一個性感辣妹？」

幹！這話題究竟有完沒完？當初只是想惡整一下妹頭，沒料老弟後來竟然沒有戳破這個玩笑，現在槍頭巡了一圈終於反過來捅向自己。

「何時帶女朋友和阿媽見見面啊？」

「交到的時候就帶。」

「哎唷，你都老大不小了，交女朋友很正常啦。」

年紀或許適合，可惜這回事也得看緣分……還有本錢。

我把剛才老媽講了大半天的抱怨一字不差地搬出來，給她看清現實。現實就是手握了某種責任，必然會放棄某些渴求。

老媽就默默聽著不再講話，廚房只響著炒菜的沙沙聲和咚咚聲。

「阿望啊。」

要說正經話的時候，老媽就會叫我的名字。

「當初家境實在太緊迫，阿媽沒能力保護你，要你很小就得在外面挨風挨雨，那是阿媽欠了你。」

啊幹。

這種事無謂講，根本沒誰欠誰——

「阿曦他啊，知道要努力讀書是因爲看到你初出社會太年輕受了很多欺負，甚至某晚下班就直接坐在沙發哭了。他之後偷偷問我是不是只要讀上大學找到好工作，一家人就不用再受氣？」

「阿櫻呢，我們都知道吧？她不是讀書的料子，我想她自己也是知道。所以阿曦偶爾對她說教關於其他的進修課程條件怎樣、出路怎樣，她嘴裡說煩但還是有的沒的追問幾句，哎唷反正我就不太懂，但我覺得她也有學著處理自己的事囉。」

老媽說了些我沒注意到的、不知道的事。

老弟和妹頭長大了，開始思考未來，以他們的立場悄悄考慮著各式各樣的事。所以，老媽其實妳想勸我些什麼？

「這個家不只有你在扛，我們會一直一起扛。所以不用擔心，多想想自己的事，始終我們有我們的未來，你也有你的未來。不用爲了我們犧牲自己，我們不願意也不須要你這樣做，明白啊？」

這問題太難回答了，難在太難爲情。

幸好妹頭及時放學回來，不然都不知道要尷尬到什麼時候。

老媽說，希望我會多想想自己的事。

老弟說，不用想得太複雜，也不用想得太遙遠。

突然發現，我果然是個懦夫。

又突然發現我所有前進的力量全都是由家人給予，也對，畢竟他們就是我世界的全部了，雖然狹窄但令人安心。

好啊。

來啊，誰怕誰。

當是給自己一個死心的機會也好，或是純粹給朋友一個祝賀也好，甚至是白日夢一場也好，什麼也好。如果一直用別人來作擋箭牌，好等自己有下台階，漂亮地逃避失敗的局面，也實在太糟糕，太對不起悄悄替我著想的老弟和妹頭，還有苦口婆心開解我的老媽。

晚飯後妹頭不願洗碗，坐在電腦前看著台灣綜藝節目一直傻笑，於是我忍不住上前找碴。

「喂，妳很閒吧？」

「我是很閒但不代表我要理你。」

「來幫我染髮。」

「深棕……深棕！大哥你沒搞錯吧？終於知道金髮很ＭＫ[8]了嗎？要從良了？啊！一定是因爲嫂子不喜歡——」

妹頭屁顛屁顛問長問短，看啊剛剛不是說不要理我嗎？

從前決定染金髮，是因爲有個好心的前輩教我這樣做。他說欺善怕惡的人就愛挑些樣子年輕外表純品的，要在這個社會生存就必須要武裝自己。當時我沒能立即把樣子變成熟，於是就跑去染到滿頭金色。

至少看起來要嚇人。

現在的我卻希望看起來不會太嚇人。

☾

終於，我鼓起勇氣把學業符還回去。

可惜心口一個勇字並不能跨越所有障礙。

例如說，工程結束後要怎麼再次潛入學校就已經是個巨大障礙。

「咦，師傅仔！換了髮色差點認不出你啊，怎麼來了？」

守門的校工不知道我僞裝成夜校生的事，要怎麼瞞過他？

「欸，跟你講啊，今天有幾個屁孩在走廊打球呀，把光管連燈罩也砸碎了！」

好啊，在哪裡我順便換。

於是我比想像中還要順利混進校舍來。預想中的巨大障礙呢？那麼鬆懈是要怎麼防範意圖不軌的人？像是有變態潛入中學偷偷和女學生聯繫的話要怎麼辦！

我走在長而狹窄的走廊，腦內一堆疑問不停湧出。時隔多個月了，「張啓航」有沒有上課、他還有沒有交學費、我會不會穿幫、會不會被趕出校門——

還有。

林菁兒有沒有失望？

筆記本有沒有新的留言？

這個時段剛好是夜校生陸續到校而老師還沒到來，只要我把握時間溜進去的話，應該能完美躲掉課堂。

然後就像電影情節般，我在課室門口跟老師迎頭碰個正著。

8 MK：爲旺角（Mong Kok）的縮寫；在網路上也有盲目跟隨流行卻不倫不類的負面意思。

糟糕了。

離開校園生活以來，就沒再出現過「被老師逮到了」的心虛還有煩悶，刹那間席捲而至。從對方純粹一愣一愣的反應看來，我沒回校的這些日子，「張啓航」同樣沒有消息，身分問題似乎還沒有被識穿。

因此接下來才是難題。

在我心中，學校是一個多管閒事卻又沒心力處理後續的地方。

當年老爸出事後，我果斷不升學外出工作，班主任也有來問兩句，說什麼會找社工幫忙後來都沒音訊。我沒有要怪責誰，畢竟那是我家的問題，終究也得由我家來面對，只是學校給我的印象就這樣而已。

爲什麼那麼久沒來學校——因爲要餬口養家啊，可是說眞相太麻煩了。我該如何把老師的關心敷衍過去？

正以爲老師會開口問，他卻什麼都沒問便走進課室。

雖然出乎意料，不過正合我意。

闊別一段日子，課室內的人數沒增沒減，唯一的差別就是大伙兒投來的訝異目光，然而課堂開始沒多久，也終於恢復正常。也對，「張啓航」原本就是交了學費卻從不出現的存在，只因爲我的緣故，他便由沒有人知道眞面目的幽靈學生，變成愛來不來的壞學生罷了。

打鬧的打鬧，問蠢問題的繼續問蠢問題，雖然跟在座各位不認識也不曾搭上兩句話，但看著感覺頗懷念的。

直到老師忽然放下粉筆，嘆了口氣。

「夜校不會像日校那樣督促學生，無論你有沒有專心上課，甚至來不來上課。」

原來如此。

原來「夜校」是一個講求自律的地方，所以他沒有義務去關心夜校生。可是身爲老師，他就是沒辦法不說教兩句，職業病。

「你們已經是成年人了，已經沒有人需要替你的決定和人生負責任。既然決定了，就不要令往後的人生後悔這個決定，別把機會白費掉。」

他再次握起粉筆之時，朝我這邊瞄了一眼。

除了因爲毫不長進的重考生們太吵鬧，也因爲對恨鐵不成鋼的我而說這番話嗎？

那天這番說教之後，大家都比以往我所認知的勤奮。
不過我猜兩天就會原形畢露吧？畢竟本性難移。
以表我對這位古道熱腸老師的尊重——
下次還是挑在下課的時間才來吧。

☾

光管存貨不夠、燈罩修不好要再配，原來點燈器狀況也不太好——
所以明晚我再來一遍啊。
放心這點小事免工錢的啦。
當然要免費啊，因爲我也得把這些小事拆分成幾天來發現，才能有藉口爭取多幾個明晚混進校舍。

聽說符掉到地上就不靈驗，希望它有發揮作用。

也希望我沒有嚇倒妳。

嗯。

不過妳嚇倒我了。

下巴和腳被妳撞到又踩到，說不定我也在替妳擋災。

@□@！！！！！！！！！

@□@！！！！！！！！！

你是巴士上那個金髮大哥哥嗎！

對不起！還痛嗎？現在施魔法還來得及嗎？

痛痛飛走！(>~^)/

為什麼不跟我打招呼啊？

啊……糗成那樣子還是不要打招呼比較好！

可是——過錯了！為什麼竟然這樣錯過了！>皿<

原本只寫下首兩句便就此作結，想了想還是覺得必須調侃一下，林菁兒果然像小孩一樣，激動到把字詞寫反了也沒發現啊。

我沒有回校的日子是以月計算，然而我和林菁兒碰面則只距離一星期左右。金髮造型實在相當不良，卻多虧如此才令人印象深刻。

那晚不得已的上課日，我打開了久違的筆記本。

預想之外，她沒有留言。

唯獨一張尺寸２Ｒ[9]的照片夾附其中。

照片內是一間空無一人的課室，黃昏照亮走廊邊的一張書桌。

我說。

爲什麼不給我學生照。

浪漫果然是最不切實際的東西。

這世上只有我們才能領略那個意境的課室照片，我收下了。

大概已經失靈的學業符，我也歸還了。

但是，我回來的目的不只這樣。

爲什麼不打招呼其實有很多原因，但現在那些原因已經變得沒那麼重要了。爲什麼不打招呼？因爲我得給自己一個藉口。

因為要留待下次。

^_^

約好了啊。

首次，她用上粉紅色筆。

究竟粉紅色有什麼實際用途？她的筆記還眞的是五顏六色，學生妹的流行文具我實在不懂。

92R：爲一種相片尺寸，大約6.35×8.9公分。

下次，問問看吧。

對了。那個時候也順便告訴她好了。

她在冬季看到的夕陽，其實我在秋末時也看到過。

十月初第一次坐進課室，打開筆記本時黃昏映在紙上泛起光芒，彷彿施放了魔法一樣引領我接觸到從來不曾想像過的世界。

那個時候的我也說不清，爲什麼這樣執著林菁兒。

或許我只是不甘心就這樣無聲無息結束。

或許是因爲那段日子平平穩穩相當幸福，於是變得貪得無厭起來。

又或許因爲忽然身邊出現太多善良的好人，令我想要試著相信虛無縹緲的奇蹟。

人生在世不一定所有事情都有結果，但要是回想起來全是遺憾的話就太可惜了。

既然決定了，就不要令往後的人生後悔這個決定，別把機會白費掉。

一無所有的我，得到了不曾奢想過的機會。

是不是連這樣的我，也有我能夠掌握的未來呢？

06—你不知道的事

那次奇蹟一瞬即逝，剛好在我看到林菁兒的回覆後，小維修也在拖無可拖之下完成了。

距離高考放榜還有一段日子。這段不長不短的空白期就像見工等候通知那樣，帶點期待又帶點焦慮，希望有個好結果的同時心底又抱著最壞打算。

我幻想過很多和林菁兒碰面的不同情景。

幻想她束著馬尾，穿上校裙，站在同學和朋友堆裡，在互相祝賀和問候的吵鬧聲中發現了在走廊末端的我。

不對。

我看起來不像學生也不像家長，應該不會那麼輕易能混水摸魚走進學校。那麼畫面可能是這樣吧？我就像個可疑分子那樣在學校門口徘徊，然後誰會首先發現對方？

如果是林菁兒先發現我，她大概會像巴士那次頂著一臉緊張的表情走來搭話吧？她有沒有朋友知道筆記本的事？會不會像妹頭一樣愛在旁誇張起鬨？

如果是我主動上前搭話，絕對會先把她嚇一跳？她應該沒有介意我真實的外表和筆記本所描述的不一樣吧？直接一來就說恭喜？萬一她的成績沒有很理想，這不就是討打了嗎？

說不定這次正式見面之後，就沒有之後了，果然還是先想好要怎麼應對比較穩妥。我就像個情竇初開的中學生，明明什麼都沒發生就已經想像到無限遠，有時候回神過來我都不禁笑自己白痴。

說好聽是給自己預備，說白了就是思春吧。

我將便利店的換購禮品放上陳列櫃，這期恰好是妹頭最近非常狂熱的卡通人物，一收到情報便立即不要臉地纏上來說想要一隻，能不能送她一隻，就只會挑這種時候賣乖啊這三八。

要不，我也來給林菁兒送點什麼吧？

除了講恭喜，也帶上像樣一點的禮物，說到底學業符實在太糟糕了。可是不知道對方喜好的情況下能送什麼？還是保險一點送文具？究竟那些五顏六色的筆在哪裡買？在我認知的範圍內，會知道這些的也只有老弟和妹頭了。

好，那就以娃娃做肉參[10]，敲詐一下情報——

我走進貨倉正要把娃娃塞進袋裡，手機忽然在震。

是妹頭的號碼。

不會吧，她的三八電波有這麼神準嗎！

那個時候，我徹底被近來所發生的好事蒙蔽了雙眼，腦袋短路。

不然，如果我能像平常一樣思考的話一定立即就能察覺。

凌晨三點，永遠簡訊優先的妹頭來電，是那麼的異常。

如果我能早半秒察覺，或許就能拋開那些噁心的高漲情緒，沉著應付。

「哥……」

不至於，一瞬間從天堂砸回現實——

「阿媽進院了。」

☾

10 肉參：香港用詞，指肉票。

聽說是，老媽在做夜更保安替工時，不小心在後樓梯摔倒，撞到了頭。

「大哥，阿媽會醒來嗎？」

單調的醫院走廊充斥著漂白水氣味，在病房外妹頭哭腫了眼睛，問了這句又再哭起來。紅了眼眶的老弟，抱住哭得失控的妹頭，他也用著渴求安慰的眼神望向我。

我答不上來。

我不想給他們假希望，就像我們也曾經深信老爸躺過幾天便會醒來。

之後的事都記不清了，不外乎是趕那對兄妹回家，醫生護士說情況如何、要用什麼藥，還有，怎麼付款之類的，在醫院東奔西走大半天才回家。回程中想著今後醫院和工作的時間要怎麼安排，想著能不能擠出時間多打份工，想著家裡還要打掃，打開家門卻居然看到妹頭和老弟還沒睡覺，在客廳大吵起來。

那對兄妹，他媽的爭先恐後決定不讀書了。一個說要出外工作養活自己，一個說要休學方便每天到醫院照顧老媽。

我都忘了自己當時說了什麼，這些都是很多年之後妹頭跟我講的。

我說，你們還有機會，不要那麼容易放棄。我不是要你們回饋什麼，但至少給我站在老媽的角度想想。大哥和老媽一直以來含辛茹苦是爲了什麼？他媽的就憑你們一句就不讀書，我們這些年來的付出會變成什麼？假如某天大哥眞的沒辦法撐住才換你們上場，但現在絕不會是那個時候。明天還要上學，管你們能不能睡著也給我滾上床閉上眼。

在我記憶中，只記得自己好像說了什麼，之後那對兄妹默默回到睡房關燈躲著哭。

那時候我應該有沉著氣吧，我不知道。

唯獨回神過來我手上的掃帚早已斷了。

我還眞頗感謝當時的自己那麼能說嘴，至少他們後來有乖乖盡回本分，不需要我額外多擔心。

能力愈強，責任愈大……反過來責任愈大的話能力也必須變強吧？我已經不是當年那個弱小的小孩，我必須承擔更多，必須保護好弟妹，還有這個家，別的事或是我的情緒，都比不上這些重要。

撐著，再撐著點。

因爲已經沒人和我一起扛了。

那段日子漫長又煎熬，混沌又零碎。

很多時候我甚至不知道自己身在哪裡，麻木地做著和平常一樣的事，回家不知有沒有躺個兩小時又得跑出去幹活或探病。直到某天下午，妹頭要多留在學校一段時間沒辦法立即趕來醫院接替，沒事可做之下我終於撐不住打了個瞌睡。

然後，我作了個夢。

我夢見老爸、老媽、老弟、妹頭，還有我，一起到廟裡拜神。

我在廟裡轉了很多個圈，都找不到神像在哪裡。

心中渴求的事，只能祈求奇蹟的事，半點都無法向神明禱告。

直到我再也跑不動了，老爸忽然走來拍拍我肩膀。

「老媽沒事的，再撐著一點，辛苦你了。」

我不知道這是不是我的潛意識想要得到認同和鼓勵，還是老爸眞的顯靈安撫我。

總之，夢結束了。

我醒來的第一眼，對上的是吊在天花的電視機。

新聞報導的聲音傳不進耳裡，我只看到閃過很多學生和學校的畫面。

啊，原來今天是高考放榜日。

螢幕裡有人歡笑有人愁，我一個都不認識。

好累。

☾

「望仔，聽說你早陣子替學校換了燈罩和光管？」

那天路過就被抓住了，不過我說成是後續保養服務，沒收工錢沒搶你生意啊。

「沒跟你計較這些雞毛蒜皮啦！你現在過去幫個忙，這次有工錢！」

新聞報導完畢，妹頭也終於趕來了。我正考慮要不要先回家洗個澡再去打工，半路中途師傅打來了，劈頭就拜託學校的事。

家中狀況我沒打算跟任何人說，畢竟這個世上雪中送炭的會有幾人？可惜老媽出事的那幾天我還沒適應過來，幾乎不眠不休搞得錯漏百出，最後被師傅抓去後樓梯抽菸問話。

我很感激當時師傅二話不說塞了我一筆錢應急，最近每天快下班時也直接轟我走不用善後。所以他現在會找上我也不是沒有原因，一是知道我急用錢，二是人情債必須要還。

我沒有立場拒絕。

於是這次我理所當然、名正言順出現在校舍裡頭。

我試著不去在意。

試著不去想起某個被我拋諸腦後的承諾。

試著不去擅自期待和幻想某些場面。

我甚至還試著不去意識自己在哪裡。

可惜校工引領著我到熟悉的樓層和走廊，一步一步摧毀著我的自我催眠。

「就是這間課室——哎唷怎麼現在的學生離開都不順手關燈！」

最後，校工還走進那間課室。

「快夏天了嘛，學生都抱怨這班房的冷氣機都不冷。」

「我記得這間課室有夜校班，等下不會打擾上課嗎？」

「今天放榜日嘛，夜校停課一天，想說順便來檢查也好。」

他一邊自顧自展示冷氣機的問題，我一邊裝作用心聆聽，後來他好像要替我拿個梯子什麼的，跑掉了。

我關上燈走出課室，在走廊抽起菸來。

從窗戶眺望，那裡空無一人，只有夕陽照進去，平滑的書桌泛著光。

一路走來的時候我強忍著猜測，會在嗎？還是不在？然後答案就這樣平平無奇、赤裸裸地擺在面前。這很正常，畢竟距離放榜都六、七個小時了吧？誰會願意等待一個素未謀面的陌生人那麼久——

驀然，課室傳出了聲響。

如果人生註定有幾幕是這輩子難以忘懷的畫面，我想這刻絕對會是其中之一。一個女學生從窗邊底下冒出來，原本落在書桌的夕陽轉而落在她身上，把純白的校裙染成橘黃。

彷彿是黃昏的魔法。

林菁兒出現了。

隔著一扇窗，我們互相驚訝彼此的存在。

「別告訴任何人我在這裡——」

林菁兒開口請求，同時校工也拖著長梯和一些清潔用具回來了。

我沒有多看她一眼，搶著跑去幫忙。

大聲嚷嚷，髒話亂飆，哄騙著校工說我一個人處理得來。

我再回到課室的時候，便看到林菁兒已經小心翼翼躲回桌子下，深怕被巡邏的校工和老師發現似地，一聽到有任何動靜都很緊繃。

「對不起，我其實還在等人，不會打擾你工作……」

林菁兒開口求饒，我沒走近上前了解，只擱好長梯開始工作。

我們再三相遇。

然後就沒然後了。

沒有任何對話，我們身在同一個空間，各做各事。

偶爾瞄向那個角落，她一直翻揭著筆記本，後來還握起筆寫了好久。直到窗外的黃昏完全消失，林菁兒忽然走過來。

收拾整齊，手握筆記本和手機，眼睛紅紅腫腫，表情羞澀又緊張。

「請問……你這段時間還會來學校維修嗎？」

怎麼了？

「如果你在這個課室看到一位金髮男生……坐在那邊的話，可以替我把這本筆記交給他嗎？」

交給老師是不是比較好？

「我怕他會被罵，被老師誤會什麼的……」

那一直放抽屜他也會找到吧？

「因爲放榜了，課室就要正式準備給下一屆學生，所有雜物都會清理掉……」

在她請求的時候，她的手機震動了不下五次。

看來是已經不得不離開了。

「我知道平白無端的，這要求很奇怪，可是你能幫幫我嗎？」

她向我遞出了筆記本。

手機又再亮燈震動，直到掛斷，林菁兒依舊沒有收回手。

林菁兒不像妹頭，雖然可能有點笨手笨腳，但她是個頭腦聰明的女孩。她一定知道把筆記本交到一名陌生的水電工手上，很可能只會被丟到垃圾桶，或是原地留下隔天被校工清理掉。如此堅持的原因，或許她只是想把不願面對的事實，爲自己做個了結而已。

不論如何。

林菁兒開口央求，於是我接過了。

「謝謝你。」

她應該想要露出客套笑容，唯獨眼淚搶先掉下來。

「喂，爸爸……我沒事啊，一直在學校。對不起，回來再說。」

猶如第一次在便利店碰面，她接通電話，委屈地癟著嘴巴，唯唯諾諾轉身離開。

直到她的身影消失在課室最後一扇窗，我終於鬆了口氣。

太好了。

終於結束了。

她始終沒有認出我來。

也對，因爲不是金髮了嘛。

埋首筆記寫了那麼久，林菁兒一定有很多話想要告訴我吧？

我也有很多事情好想告訴妳啊。

家中那妹頭學人傳手機簡訊，這個月搞得帳單爆炸才哭求我別跟老媽講。老弟也快要會考了，英文科卻始終差強人意不存點補習費老媽總覺得不安心。順便說我家的水電費和房租下星期就要繳，但能動用的資金都拿去應急了。接下來的一個月家中存款也快見底了，車費、學費、零用、柴米油鹽統統都是錢。

好，撇開錢不談。

老媽會醒來嗎？萬一醒不來呢？她現在有知覺嗎？會痛苦嗎？會擔心我們嗎？老弟和妹頭能承受這樣的打擊嗎？絕對會影響心情無法集中吧？可是這方面我又能幫上什麼忙？我還能撐多久？要是連我也倒下了，他們年紀還小無依無靠要怎麼辦？

我還想說。

能夠遇見妳，簡直是奇蹟。

我曾經奢想是不是連我這樣的人也可以觸及不曾想像過的幸福，哪怕只是半秒鐘也好，我也想要試著伸手抓緊。

果然，是我太天眞了。

現實哪來這麼多奇蹟。

光是扛起那千瘡百孔的生活，已經花盡我所有氣力。

所以我怎可能追出走廊，抓緊活在璀璨陽光下的妳。

憑什麼。

07 One More Time

人生好難。

那段日子我不曾想過放棄，卻數不清究竟有幾多個晚上感到自己快要撐不下去。也忘了什麼時候師傅對我說，人有三衰六旺，不會一輩子都衰運，這段日子撐過去了，以後就會慢慢好起來。或許他也曾目睹過或經歷過什麼，才能吐出這番說話吧？我當時還是處於谷底，沒能體會他這句濃縮人生的智慧之言，只敢一直過一天算一天，沒想到後來師傅所說的都漸漸應驗。

某天老弟大學畢業了、某天妹頭說她找到一份正職……直到某天師傅忽然跟我說他差不多要想想退休的事，我才恍然察覺時間真的過得很快。

一晃眼，七年了。

當中最令我欣慰的是，老媽醒來了。

出意外之後大概沒多久她終於醒來了，其後花了一段長時間來復健。畢竟她腦袋受過傷，行動和反應也變得不太靈活，只能退下來在家中休養。這已經很好，只要她能醒來，只要她還在我們三兄妹身邊就已經比什麼都好。

有時候我們會怪歲月無情，有時候也多虧歲月如此無情。

日子一天一天在變化，手機變成平板、討論區大量沒落、社交APP成為主流、日風台風也換成韓風——匆匆的時光裡世界一直都在變化，我們不知不覺一邊見證這些，一邊掙扎著活過來。

家境能夠改善，不得不說全因為老弟。

當初他能上大學卻告訴我他不唸日校，而是去唸夜校，而且還不是那些大熱門商科，毅然跑去讀室內設計。他日晝工作晚上讀書，外接Freelance之餘，還會閒時跑來我工作地點幫忙。三項鐵人般半工讀把自己的學費供完，四年後畢業已經有學歷有經驗，還藉著師傅的推薦漸漸開拓出客源。

不僅如此，後來老弟異想天開說要和我合伙，開了一間小型工作室，他負責設計，我負責實踐，雖然沒賺幾個大錢但日子總算安逸無憂。要不是老弟如此會規劃，單靠我這個無學識無遠見，只會蠻幹的大哥，恐怕這輩子整家人也得活在貧窮線以下。

要擔心的事情變少，負擔也變少，我一直拉著老弟和妹頭前行，不知不覺已經反過來被他們拉著走。

就如老媽所說，這個家不是我一個人在扛。

如今，老弟也要結婚了。

眼見生意開始漸上軌道，他便立即迫不及待娶長跑多年的女友入門。

「阿曦搶先一步了，你這個大哥何時帶個大媳婦回來啊？」

老弟的兄弟團在布置，妹頭則負責新娘化妝，昨晚就已跑到女家那邊。我扶著老媽走出客廳給老爸上香，人多又混亂的喜慶氣氛中，老媽果然沒放過我。

「你都老大不小了，家中也沒什麼須要擔心的事了，我想也是時候囉？」

好啊，我盡快。

我隨便敷衍她幾句，然後說去幫忙趁機逃掉，大好日子就不好要她老人家費心嘮叨我嘛？

老實說，這些年來我也不是沒有交過女朋友。

大概三、四個左右吧。

我好歹還是個正常男人，怎麼可能守著一段永遠不可能有後續的故事？唯獨比起男女朋友，那些關係更像是互供所需，從認識直到離開我們都不曾深入了解過對方。

膩了，就散了。

面目模糊，行屍走肉，直到認識到前任。

她生日說要到迪士尼玩，煙花結束後她就說分手。

在自己的生日那天，在夢幻樂園提分手，我難忘；她難堪。

我見識過的分手理由有幾個，例如說她變了、我變了、大家變了，而那次的理由卻是我預想以外。

「你究竟想在我身上找回哪個人？我一直就在你面前，爲什麼就是沒有看見我呢？」

我忘了在哪個ＭＶ曾經看到有這麼一句話。

總會有個人令你記得自己有多差，然後再也做不了壞人。

原來那個人未必是你付出最多，也未必是你最喜歡的，那個人可能會是把你了解得最透徹，然後她用自己的血和淚直接捅往你最痛處，喚回你的意識卻兩敗俱傷。

那時候甚至連我自己也不知道，我只是在找個正當理由來逃避某個傷口，一直麻醉自己，到後來我還是不得不面對，不得不清醒。

我對前任有內疚過，不過她的確沒有罵錯，所以這幾年我在這方面都不太積極了，也無謂害有心人產生錯誤期待。

如今生活已經不如當初那麼千瘡百孔了，心底卻始終有個無法彌補的黑洞。

或許，人生就是如此難以圓滿吧？

☾

然後……這幾年我還眞的成功考了駕照。

本來是因爲工作需要，現在順便成爲老弟接新娘的司機。兄弟團有幾個是老弟的同學，其餘都是工作室的學徒。明顯我們這群粗人就是穿不慣西裝，肩膀也像被什麼束縛一樣，又因爲緊張變得沒什麼笑容，一直渾身不自在，把衣服領帶左拉右扯。

唉，穿上龍袍都不像太子。

連婚禮攝影師都忍不住笑我們比較像一群準備爲老大賀壽的古惑仔，實際上再過一會就要低聲下氣給樓上那群姊妹肆意魚肉。

不過放心，捨棄尊嚴這回事我最擅長。

我們抱著決心，正在住宅大堂等待電梯，準備貼錢買難受之際，我電話響了。是師傅介紹的老客戶，他說天花板滲水好一段時間，今天還弄得全屋跳電，想要我們幫忙看看。

「是個獨居老人，恰好也在附近就去看一下吧。」

「先別理會啦，接新娘之後再去也不遲。」

反正兄弟那麼多也不缺我一個，當作替辰家或替工作室積陰德也好。只是兄弟團可不賣帳，我在一片噓聲中逃難般走出來了。

結果問題遠比我想像中複雜，不能即日修好要改天再來都算了，要重複安撫和解釋給那個獨居老伯之餘，他還知道今天老闆大日子，立即封了個大紅包，怎樣說都不肯收回去。吃人嘴軟、拿人手短，結果我又留下來替他修修補補、整理清潔。

晃神過去已經大半天，我在訊息聊天群內漫天髒話底下，抓起西裝外套直奔酒店。

如果我知道這場婚禮即將會遇見誰，我一定會乖乖聽老弟的話——

管他去死。

☾

好久沒有像這樣，天還沒亮就一直忙到夜晚。

男家這邊基開席前又搬又扛都是基本功，身爲主家席還得陪老媽一起應酬親友。男家這邊基本沒什麼親戚，女家那邊陣容可龐大了，那些叔伯根本來騙酒喝的，見準你是年輕人——而且是看來酒量不錯的年輕人，立即就酒鬼上身拉著你拚命灌。

直到主持宣告一對新人準備出場和致詞，我才眞正有空閒喘個氣。唯獨坐下來腦袋清醒一點後，我才恍然記起老弟和妹頭曾經交代，致詞時千萬不能走開。

誰理你啊。

不知道他們偷偷準備了什麼，反正那種肉麻骨痺的場合就饒了我吧。

趁著成長片段和早拍晚播的空檔，我溜到正在收拾糖果吧的兄弟姊妹團，假裝要幫忙。沒想到的是，這裡一早已經有很多人假裝在幫忙，玩得樂不可支，其餘幾個則在討論沒在場的幾個。

「Ginny看起來頗單純漂亮的？」

「長黑髮那個？聽伴娘說有男友了。」

「管她有沒有男友，先攻一波再算！」

「大哥來得正好，今晚夜唱慶功宴，要來嗎？」

饒了我吧。

避無可避，最終我獨個兒躲到後樓梯「喘個氣」。

整個婚宴彷彿是個戰場，不論是口腹之役、唇舌之爭、男女攻防，全部戰事壓縮在四個小時內一口氣爆發。槍林彈雨烽煙四起，我只是一介草民莽夫不想參軍作戰，我現在無欲無求只想安安靜靜度過餘生。

才剛點了根菸，便有人推門而進。

長黑髮，深藍色姊妹裙，看來是兄弟團一致好評的那個Ginny。她也趁著這個空檔，偷溜出來打電話給男友嗎？她一直背向我，面向牆壁撥打了好幾次電話，一次、兩次、三次，眞可惜沒人接通……等等、就只是沒有接通爲什麼又吸鼻子又深呼吸？

該不會是在哭？跟男友感情不好？看來外面那班餓鬼今晚有著落？

總之，現在不是現身的好時機吧？

我只好再多抽根菸，先等她離開好了。反正事不關己，既然她沒發現我，那我也繼續假裝不存在，可惜打火機的聲音微弱卻響徹了後樓梯，惹來她注意。

她轉身的那個瞬間，我覺得某支凝固了不再前行的指針，驀然重新揮劃起來。

七年後。

在弟弟的婚禮上。

我和林菁兒重遇了。

後來冷靜回想，連我自己也覺得土爆了。這叫什麼？現實比故事離奇？還好這部不是韓劇，不然林菁兒很可能不是姊妹團，而是披上婚紗直接變成弟婦登場吧？

而當時我第一個反應——

嚇得被菸嗆到，猛咳不止。

「啊……你是阿曦的大哥對不對？你、怎麼了？還好嗎？」

林菁兒發現這空間不只她一人，趕緊狼狽擦乾眼淚，上前替更加狼狽的我拍背。

時隔七年，我該跟林菁兒說什麼？

要是我早上沒有跑開……不，要是我沒有嫌麻煩不去兄弟姊妹團的見面會，要是我有點開他們上傳到群組的照片，應該更早就能發現她的存在，那麼就有多一點點，多一毫米的心理準備。

不過擁有心理準備之後又能幹什麼？來團聚？好久不見，我是當年那個耍帥答應見面最後又放妳鴿子的，那個千方百計潛入校園撩學生妹的水電工痴漢，驚不驚喜？意不意外？想也知道根本不可能。

我當然也有很多事情想詢之於口，像是她還記得嗎？她會恨我嗎——然而這些過往有很重要嗎？

說眞的，舊事重提有什麼意義？

所以，現在的我唯一能說的、必須要說的，果然只有那句話吧？

「對不起。」

「爲什麼要對不起？」

「撞破妳哭之類。」

當然，不僅如此。

不過也只能如此。

「我才要道歉呢，Cry in the party……觸人霉頭又害你尷尬。」

「反正沒人看到就算扯平好了，妳沒打電話也沒有哭，我家沒被觸霉頭。」

「嗯……謝謝你。」

「那妳是來幹什麼的？」

「呃、跟你一樣……來抽菸？」

「抽菸不帶菸是什麼玩法？」

「就……霎時忘了！可以借我一根嗎？」

林菁兒拚命打圓場，羞窘又慌張，完全把我的調侃認眞看待，沒辦法也沒打算還擊。看著她手忙腳亂的模樣，我實在忍不住好奇，究竟是哪個賤種不接她電話，我立即飆車去揍死他！

好吧，還是不鬧了。

先別說一看就知道她根本不會抽菸，反正我也不可能借她打火機。我掏出菸盒，將一支棒棒糖放到她掌心。剛才老媽擔心我空腹灌酒會胃痛，硬塞一支棒棒糖來要我墊墊肚，果然世上只有媽媽好，感謝我偉大的母親。

唯獨林菁兒看著棒棒糖，表情有點錯愕，啊，還癟嘴了，她好像終於知道自己被耍了。

「這什麼？哄小孩？」

「看得起妳才給的，有種整支吃光。」

「不可能！會胖啦……」

「就是說啊。」

聽著我的歪論，她有點哭笑不得，心情有好過來嗎？

第二支菸剛好抽完，林菁兒的手機同時響起。

看到屏幕，她才真正由衷微笑。

臉上有酒窩，好甜。

就算沒看到來電，看到這抹笑容也不難猜出對方是誰。我踩熄了菸頭，跟林菁兒打個眼色便推門離開。

畢竟也只能如此。

可惜那道防煙門關上的速度太慢，溫柔的話語從門縫中滲漏開來。

「喂？剛才在忙嗎？嗯……你是不是會來接我啊？」

終究我還是沒能及時逃開那個不堪面對的現實。

08
斷點

這夜很漫長很難熬。

好不容易撐到散席，想說要送老媽回家蹺掉慶功宴，豈料還是薑愈老愈辣，待我換好衣服時已經人去樓空。

妹頭和老弟跟我說，老媽已經坐其他親戚的便車回去了。

「阿媽說你要負責護送世上最可愛的妹頭回家啊！」

「老媽說老大要多見見女孩子，別一天到晚玩水泥。」

被賣了！

一夜間淪落成孤兒的我，只好再下一城淪落成司機載大伙兒去夜唱。說大伙兒，其實也是載全家人再外加伴娘而已，兄弟姊妹團分配到另外兩台車。

夜唱團當中還包括林菁兒。

我身爲一個老菸槍，當然深深明白只要慷慨付出菸和火，想要搭話、打聽和套情報也會變得非常方便。

據姊妹團說，林菁兒是弟婦[11]的中學學姊，合唱團認識的。

也因爲她一直留在新娘房打點，所以即使我開席前走遍全場都沒有碰見她。聽到這裡我有點納悶了，記憶中她是個冒失鬼？在新娘房打點眞的沒問題嗎？不過時間和社會最擅長磨練人了，七年後的林菁兒又怎麼可能與七年前完全一樣？

沒差。

反正輪不到我在意。

明明想要事不關己，想要悄悄退場，爲什麼我仍然在這裡？看著狹窄幽暗的包廂裡男男女女藉醉狂歡高唱，完全不是別人目標、也沒打算找目標的我開始默默懷疑人生。我懷疑自己上輩子是不是開罪過什麼神明，爲什麼總是不讓我好過？

現在，我坐在妹頭旁邊，妹頭則坐在林菁兒旁邊。或許早就在新娘房滋養出情誼吧？她倆莫名其妙很投契，一直聊著什麼「角落生物」，就是圓滾滾一坨五顏六色，在我們家角落堆出一座山丘，超級礙事擋路的那些娃娃。

明明是非常女孩子的話題，有個男的硬是要不懂裝懂瘋狂插話，還有意無意愈坐愈貼。

林菁兒的表情漸漸變得很不自在。

她已經刻意蹺腳迴避，可惜那男的反而得寸進尺執意挨過去。你媽的有沒有那麼不要臉？同爲男性的我都想要問他吃相要不要那麼難看？

實在看不下去了，我毅然站起。

硬生生擠在那男的與林菁兒之間，一記坐下去。

「這遙控器搞什麼鬼，怎麼按都沒反應呀？是不是沒電了？」——這樣裝傻大呼小叫。

很難裝作不在意不生氣。

縱使根本沒那個資格。

我們就這樣交換了位子不久，弟婦忽然打斷了全場氣氛。

「Ginny，妳是不是把銀包忘在會場了？」

弟婦一手用咪高峰[12]問話，另一手拿著手機，大概是酒店那邊打來確認。忽然被

11 弟婦：香港用詞，指弟媳。

12 咪高峰：香港用詞，指麥克風。

點名了，林菁兒立即抓起包包左翻右翻，就是翻不出銀包。

「看來是真的漏了，身分證也在那邊……他們要關門了嗎？」

「剛剛說可以多等我們半小時，趕快回去拿吧。」

「那麼——」

「大哥可以載我過去嗎？」

釐清了狀況後，坐她對面的男生似乎想自告奮勇，她卻不假思索似地向我求助。

林菁兒開口要求，我只能答應。

趁大伙兒還沒反應過來，我順勢把遙控器塞給剛才那個猴急男要他處理，然後和林菁兒一起極速逃離現場。

我還不至於消極到把自投羅網的羔羊拱手讓人。

說不定我其實才是那隻自投羅網的羔羊吧。

☾

林菁兒的決定，總是令人出奇不意。

我怎麼也想不通，明明選擇很多，爲什麼我會成爲天選之人？相信除了我，恐怕整個包廂都相當大惑不解吧？我們沒有很熟，婚禮時在大家面前沒講幾句話，甚至剛才也不是由我載她。

說不開心是假的。

說不緊張就更虛僞了。

我甚至不知道自己是怎樣安全駕駛到目的地，總之，現在林菁兒拿著銀包回來了。

就坐在我旁邊。

「總算拿回來了，有驚無險！謝謝大哥載我過來。」

「不客氣，妳要不要在群組交代一下？」

「也對……啊。」

「怎麼了？」

「大哥你的頭像是隻狼？」

話題猛然一轉，極力隱瞞的祕密彷彿被識穿了，我不曾在這麼大壓力之下駕駛過，差點就入錯彎直出郊區，心臟跳得好厲害。

冷靜！林菁兒才不可能單憑一幅頭像便推敲出我是誰，甚至說不定已經把筆記本的事忘得一乾二淨。這只是水過無痕的閒談，除此之外沒有其他，不會有其他。早些時候在後樓梯不是對應自如嗎？怎麼在公司的座駕、自己的主場反而方寸大亂？來保持平常心，好好對應。

「怎麼忽然說這個了？用狼作頭像不是很常見嗎？」

「因爲你在群組沒怎麼講話，我現在才發現沒有存你號碼……沒啊，就覺得很剛巧？我的是小紅帽呢。」

「那就糟了。」

「爲什麼？」

「接下來我就要被打昏然後塞石頭了。」

「可是你沒有假扮祖母呀？」

「但我有假扮好人。」

假裝自己沒有企圖心之類的。

「那沒辦法，只好給你石頭了！」

好像觸發到某個不得了的開關，她好像超級喜歡這種毫無營養的話題，主動附和我的冷笑話。

我從沒想過會有這天。

不需要相隔二十四小時，也能這樣她一言我一句的，搭建出天馬行空的故事。

她笑得很開懷。

我倒是好想哭。

爲什麼我要延續這個似曾相識的話題來虐待自己。

「不過，其實大哥是個好人沒錯啊？」

沒由來話題又再一轉，怎麼忽然派好人卡了？

「因爲其他人唔、怎麼說……我不是沒有夜唱過，但和不太熟的人一起始終有點不習慣呢……總之，剛才謝謝你。」

原來林菁兒還是有這種危機意識啊……那就好，我差點就以爲她眞的是從童話跳出來，不知人性險惡的小紅帽。

這下我也能理解過來了，執意選由我來載她是因爲剛才替她擋下了猴急男，令她覺得我是個可靠的正人君子。

雖然被信任很開心，但另一方面總覺得很挫敗。

妳怎麼就沒意識到我了？

林菁兒伸了個懶腰望著窗外，彷彿終於把最想講的話抒發完了，沉默下來不再講話。

回想起來，她的確不是黏在新娘旁邊就是黏在妹頭旁邊，連分工也是躲在新娘房，盡是處理些不太需要面對人的雜務——原來她不太擅長應付陌生人。

我一直以爲林菁兒是個活潑外向的女生，至少敢於向陌生人搭話，還會主動要求見面。

因爲隔著筆記本，所以比較放得開嗎？

總覺得有點奇怪。

「既然不習慣，爲什麼還要勉強來夜唱？」

「因爲尾班車過了呀。」

原來如此，可是依然不太對勁。

思索了數個紅燈位，我終於抓住了異樣的根源，那個林菁兒不願講白的眞相。

「男朋友呢？他不是說來接妳嗎？」

「不接了，他說沒空。」

沒空是個常見又堂皇正當的理由。

所以眞正令人在意的，是林菁兒的苦笑和她淡淡的失落語氣。

「大哥怎麼不開車？綠燈了啊？」

「如果眞的不習慣，要不我直接送妳回家？」

「咦、不太好吧？這樣你不就要再繞回來載他們，而且又不順路……」

「那妳要回去繼續被人家大腿貼大腿？」

林菁兒皺眉了，看起來好委屈。

這樣說話實在很令她難堪，因爲我不想她對我客氣，所以我也不對她客氣。她思考了片刻，最終羞窘地講出她家在哪，等等，這地址距離當年的便利店超級遙遠吧，竟然找狗找到那邊去？

「難道搬家了？」

「沒有啊？爲什麼這樣問？」

啊幹，說漏嘴了。

「就是、伴娘有說妳是中學同學，那距離不是跟學校有點遠嗎？」

「對呀，不過是間好學校，所以爸爸媽咪就讓我去讀了。」

提及學校，我忽然不知道要怎麼繼續聊下去。

因爲太多話想講，所以沒辦法聊下去。

車廂安靜了一段時間，我再瞄瞄倒後鏡，林菁兒已經很安心地在一個才認識半晚的陌生男子車上睡著了。

畢竟天沒亮便忙得團團轉，累壞了吧。

待送林菁兒到家，我再回到夜唱那邊果不其然成爲眾矢之的，被圍攻猛灌。

早上接新娘藉故跑掉的仇。

婚禮致詞時偷偷溜開的仇。

晚上順勢送走林菁兒的仇。

什麼都衝著我來就對了，不如說正合我意。

我腦袋有股甩不掉的煩躁。

不是因爲那個吃人豆腐的猴急男，也不是因爲老媽硬要我繼續應酬，更不是因爲與林菁兒重遇卻不能相認。

而是因爲那個沒有好好守護林菁兒不幸福的自己。

還有妄想能乘虛而入，偷偷渴望林菁兒的混蛋。

沒空說實在不代表什麼，苦笑也不代表什麼，情侶偶爾鬧冷戰根本不稀奇，說不定明天又會甜甜蜜蜜膩在一起，何必沾沾自喜把林菁兒想像得太可憐？

如果她不開心不幸福，自然會找她的閨蜜訴苦，那不是我能夠插手干預的事，更輪不到我來說嘴。別忘了，我只是中學同學的丈夫的哥哥而已，一個毫不相干的路人，有什麼資格展現關心？

婚禮完了，人也送走了，知道她近況就好，以後都不要再有聯繫比較好。不然我眞不知道還要夢見她多少遍，要勸自己放棄多少遍才能心息。

那晚我醉到不行，聽說最後是由老弟和妹頭將我強行拖上計程車。

同一晚，我的打火機不見了，找遍所有地方都不復見。

☾

我展開了一場自欺欺人的逃亡。

退出兄弟姊妹團的聊天群，婚禮照片不點開，連臉書APP都刪掉，假裝自己仍身在遠離林菁兒十萬丈遠的生活圈中，努力工作加班接工程，就怕腦袋有餘力思考某些徒然可笑的事。

結果這天被老媽召回家吃飯，我打開門便看見林菁兒抱著尤達。

「大哥回來了？」

「我何時多了個妹妹？」

「因爲大家都叫你大哥呀，所以我也跟著叫？」

她自然而然就在我家中出現，盤坐沙發抱著昏昏欲睡的尤達，口咬著百力滋，和妹頭、弟婦玩Wii瑪車[13]玩得興高采烈。

今天的工程已經有夠累了，沒想到回到家中還要耗盡僅餘無幾的體力，來把現實、夢想和記憶區分出來。

林菁兒是眞實的。

不過尤達不是尤達。

伏在她腿上的八哥，不是她家的狗，而是我家的狗。

這要回溯到老媽出院後的那段時間，她只能復健、複診，不能工作。那段日子她總是自怨自艾，說什麼人老了就是個負累，常常無故道歉沒能好好照顧我們，甚至後來還漸漸說著什麼想早點見老爸這種令人沮喪又氣憤的洩氣話。

直到某天，妹頭在網上收養了一隻半歲的八哥回來，起初老媽將牠由頭嫌棄到狗尾尖，說牠醜啊、臭啊、帶牠散步好麻煩啊……最終卻成爲了最疼狗的一個，根本當

13 瑪車：爲「瑪利歐賽車」的簡稱。

成孫在寵。

最重要的是，老媽沒再抑鬱下去。

或許適當的責任和陪伴，會成爲某些人生存的意義和動力吧。

不過現在，這頭狗簡直白養了。

平日下班回來，一見我就會吵著討摸散步，現在尤達卻連眼尾都不甩我一下，伏在白滑大腿上伸伸懶腰就有女孩摸摸拍拍。

可惡。

好想成爲那隻狗。

現實我也的確是頭狗沒錯，單身狗。

既接受現實也逃避現實，我正想逃回房間躲在這世界最後一片淨土，妹頭卻狠狠攔住了我，把手把硬塞到我手中。

「大哥回來得正好，先幫我玩，我上個廁所！」

我看著螢幕，不禁吐了句髒話。搞什麼，妹頭也玩得太爛了吧？很明顯就是發動時按過頭然後又被電腦夾擊，她竟然就這樣把各種爛攤子丟給我甩門跑掉，爲了自己別有空檔胡思亂想，也爲了趕快逃離這個窘局，我衹道近抄橫招盡使，直接把妹頭的爛排名反殺成第一，本來勝算滿滿的林菁兒只能屈居第二。

「大哥，再來一局——再一局就好！」

原本打算令女生們感到無趣，我便可以輕鬆離場，沒想到反而激發起林菁兒的鬥心。似乎在我回來之前她一直是女孩中排名最高，所以現在才會這麼不服氣吧？我不敢跟她糾纏……只好再玩一局，一局之後又被賴著要多玩一局。

「別站著，坐下來一起玩吧？」

她索性拍拍身旁，那個妹頭原本坐的位子。她就不介意我身上又汗又菸又油漆味嗎，只有我一個在意嗎？明明是我家的沙發，我卻如坐針氈，見工[14]也不曾那麼拘謹過，就連狗都比我還要肆無忌憚放寬心。

就在這時候老媽出來救場了。

14見工：香港用詞，指面試。

世上只有媽媽好！

「弟弟說他快回來了，晚飯大家想吃什麼？」

「人多別要阿媽辛苦，今晚就火鍋好了！」

「Ginny呢？留下來一起吃吧？」

老媽詢問、妹頭提議、弟婦邀請，林菁兒高高抱起了尤達，認眞發言。

「我已經準備好接受這份意志。」

然後她自顧自笑了，完全沒察覺冷場，妹頭瞄了瞄這邊，默默給了我一記白眼。

因爲那是我常常和尤達開的玩笑。

整晚的火鍋，我都吃不太出味道來。

大伙兒聊了什麼、笑了什麼，我附和了什麼，也毫無印象。

我最擔心的情況終究還是發生了。

整晚整個腦袋都只繞著那個人轉。

喜歡雞蛋拌醬油，不喜歡芫茜[15]，卻對它的降火功效相當感激。

話不多，不太會說自己的事，偏好默默聆聽。

常常話題已經過去了，還在回味上一個話題而傻笑起來，然後被嘲反應慢。

妹頭和弟婦簡直像吃殘廢餐，食物都是由那個人分配好，然而那兩妞全程都顧著講話沒有發現。

好不容易東拉西扯撐過這頓飯，林菁兒還幫忙收拾碗筷，又跟尤達玩了一陣子，才跟隨老弟兩夫婦離開。

「妹，剛才那個女孩白淨淨，可愛又乖巧，爲什麼不早點介紹給哥哥認識？」

「好女孩當然有男朋友，哪會益[16]著我哥？」

「尤達，散步！」

趁老媽的熱心尚未變成嘮叨之前！

尤達聽見我的指令，立即從沙發屁顛屁顛跳下來，然後我便赫然發現事情並沒有

---

15 芫茜：粵語的「芫荽」，又稱爲「香菜」。

16 益：香港用詞，指便宜了。

如希望般順利結束。

尤達……你在我們收拾的時候，就是這樣一直壓著人家的手機來睡覺嗎？

「喂，妹頭，妳朋友忘了手機在沙發。」

「你不是說要帶尤達散步嗎？拿著下去剛好啊？麻煩你囉！」

妹頭事不關己似地從廚房喊了一句，然後繼續和老媽聊著關於男同事很帥的瑣碎話題。

拿著粉飾得非常可愛的手機，我眼前閃過的卻是她將筆記本遞到我面前的那幕。

很多年前，我曾經是那個掌握全局的人。

只有我一個知道對方的底牌，因此如今亦只有我一人難堪，被命運反覆嘲弄亦無力還擊。

事情的巧合和發展，已經到達放棄思考才能保持冷靜的地步了。我索性打給老弟確定位置，接著牽著尤達，帶上林菁兒遺落的手機下樓。沒想到才剛走出大廈，林菁兒亦從不遠處跑來，熱情地和更熱情的尤達相擁。

「謝謝大哥！尤達也來送我手機嗎？謝謝你！」

「怎麼只有妳一個，老弟兩夫婦呢？」

「我叫他們先走了，始終不好意思礙著新婚夫婦嘛？」

林菁兒接過手機，亮起了屏幕。

不小心瞄到了。

什麼訊息都沒有。

桌布是她和她的尤達合照。

這次是故意瞄到了——她深呼吸一下才擠出笑容繼續和我的尤達玩耍。

然後，她忽然抬望，對上了我的視線。

「大哥，我可以和尤達一起散步嗎？」

她躲在尤達後腦露出眼睛，尤達也同時一臉蠢呆地看著我。現在是怎樣？兩隻小動物在央求我嗎？不答應的話是不是要直接控告我虐狗了？饒了我吧……眞的，我都一把年紀了，能不能別再這樣折騰我？能不能別老是令我以爲有機可乘？

「反正距離不算遠，邊散步邊送妳回家吧。」

「萬歲——」

她直接搶過狗繩，興高采烈地拐走了尤達。

☾

這趟散步，我們有一句沒一句地閒聊著。

她說今天打擾了，原本約了妹頭和弟婦逛街，後來走累了便上來坐坐。

她說我們三兄妹的眼睛都長得很像老媽。

她說今天的瑪車會找機會一雪前恥。

後來，她果然相當好奇尤達爲什麼會叫尤達。

眞要說的話，尤達已經是我家萬年玩不膩，不時拿出來翻鞭[17]的玩笑，難得有個命名機會妹頭和老弟當然不會放過。唯獨這個原因不予深究比較好，我只說成因爲牠醜得都不像地球物種了。

「哈哈，我懂我懂，很醜可是很可愛嘛！其實我家的八哥也叫尤達，眞巧呢。」

那應該不算是巧合……一如以往不予深究比較好，所以我只好轉移話題。

「既然家中也有狗，怎麼搶著要帶我家的那隻散步了？」

「我家的尤達幾年前去世了……呼吸道的病，醫了好久最後還是捱不過去。」

畢竟，七年了。

七年對人類而言不長不短，換算起來卻是動物的大半生。

我與林菁兒之間，也有著七年的空白期。

這七年間，她都過著什麼生活？快樂嗎？幸福嗎？現在她能若無其事地述說著尤達的死亡，然而不難想像這件事對她一定相當打擊吧？不理家人反對半夜東奔西跑尋狗，不擅長交際仍然到處拚命拜託幫忙。

那個時候，也一定是哭腫了眼吧？

心底壓抑多年的那份內疚隱隱約約發作，我開始在妄想，如果可以回到那個時

17 翻鞭：香港用詞，指舊事重提、反覆揶揄。

候、如果可以像現在那般在她身邊，諸如此類亂七八糟。

可笑是那個時候的我其實也同樣徬徨無助。

是我自己選擇放棄。

如今林菁兒大概都已經放下了，誰會需要遲來七年的安慰？看吧，她現在跟尤達玩得很開心，連狗都比我還懂得拉下面子逗人高興。

「我啊，以前常常會跟尤達這樣玩呢——」

驀然，她朝著尤達伸出手掌。

「用原力，尤達！」

然後我家的尤達便乖乖倒下裝死，雖然尾巴猛搖，搖到肚腩都在晃。

林菁兒倒是瞬間笑不出來，慌亂地收回手彷彿剛才眞的使出了原力一樣。

她驚訝又動容地望向我。

驚訝的不只有她一人。

因爲我也常常跟尤達這樣玩。

一而再，再而三的巧合。

一而再，再而三的猝不及防。

罷了。

我認命了。

管她有沒有男朋友、感情狀況如何、還有沒有記住筆記本的事、知道眞相會不會恨我——我都他媽的不管了。時光飛逝，儘管在林菁兒身上簡直看不出任何明顯的歷練，我卻確實已經不再是當年那個活過一天算一天不敢奢想未來的小孩子。今天有能力、有盈餘，爲何仍然畏首畏尾、故步自封、無法向前？

既然逃不了的話，就正面對決吧。

不想再不戰而降。

再一次來到林菁兒的家門前，再一次的分道揚鑣。

這次，我叫住了她。

「說起來，《星戰》續集快要上映了，要一起去看嗎？」

09
洋蔥

我們的故事，從青澀的筆記本正式翻揭到現實層面。

掀開了那層夢幻鍍膜，林菁兒只是個隨處可見的鄰家女孩。後來我才知道，她並沒有如願成爲獸醫，甚至沒有考上大學。

「我也想當獸醫啊！不過成績太差強人意了，重讀又太花錢花時間，就索性讀了個寵物美容課程，總之跟寵物有關就好。」

普通的工作，普通的人生。

曾經活在璀璨陽光下的那個小紅帽不再難以接近，多年後我終於從黑夜的陰霾走出來，與她在陽光下並肩而行。

實實在在地走在我身旁，啜著珍珠奶茶，忽然才想起忘了要少冰。

我們的進展，順利得過分。

頭幾次的見面充滿藉口，保險起見還找了幾個熟人同行，她總是爽快答應。後來我嘗試單獨約見，再後來甚至我都懶得找藉口了，她仍然不假思索般一一應約。

「像這樣頻密單獨和男生外出，男朋友不會呷醋嗎？」

「嗯——誰知道呢？」

我坦白詢問，她笑笑迴避，然後被櫥窗的小精品吸引過去，生硬結束話題。

嗯，誰知道呢。

反正她答應了，那我又何必顧忌太多。

不過，其實我大概能猜出來。

她正在依賴我來逃避某些事情。

沒關係。

林菁兒需要陪伴，我便陪伴她。

當年隔著筆記本，我們暢所欲言，無話不談。如今沒有紙頁與時差的隔閡，卻再也沒辦法窺見對方內心。我就這樣保持著極近的距離，不進不退默守一旁，看著她蒙上眼睛在森林裡跌跌碰碰，帶上微笑面具始終不吐半句心事。

頻密的約見，眞實的觸碰，奇蹟的後續，說不開心是假的，說不心痛也是假的。

我很清楚這種曖昧不清的日子必定有個期限，可惜掌握全局的人已經不是我了，哪天她選擇不再自欺欺人，哪天她決定抽身離開，我都沒有拒絕的權利。

我想她自己也很清楚，也很不習慣這種恃寵生嬌的行爲，所以任何活動都堅持分帳，這次我送她「角落生物」，下次她便送我一隻BB-8[18]，盡量保持不拖不欠似的。寂寞收兵的女孩我不是沒有見識過，所以林菁兒的手法可以說生澀多了……嗯，由我說可能不太客觀，或許純粹是我愛屋及烏而已。

後來，她還體貼地給我溫馨提示。

「大哥可別太溫柔啊，這樣會很容易被壞心的女巫玩弄。」

「我又不是對誰都這麼溫柔。」

林菁兒聽懂了，羞澀又不安地撇開了視線。

唯獨這次她沒有假裝不懂，沒有笑著東拉西扯迴避，一直低頭默默走著。

最後，她不閃不躲站到我面前來。

「大哥，能不能陪我去一個地方？」

我隱約有種預感。

18 BB-8：爲電影《星際大戰》（*Star Wars*）中的機器人角色。

只要陪她去了那個地方的話，這段貪婪而來的日子就要結束了吧？

那是林菁兒的要求，我只能答應。

林菁兒領著我走到某個舊式公共屋邨的公園裡，自然而然坐在某張長椅。起初她還能有說有笑，有一句沒一句地和我聊著，後來她累了，漸漸偽裝不下去，收起笑容靜靜呆等。幼稚園放學、小學放學、中學放學……一晃眼四小時過去了，久得連她也過意不去。

「大哥眞的打算繼續陪我嗎？」

「只要妳願意的話？」

「你不打算問些什麼嗎？」

「或許這麼說好了，只要妳想說的、願意說的，我都會聽。」

我們又再沉默了一段長時間，後來她伸出手嘗試擋著從樹梢透出來的殘黃街燈，開始慢悠悠地組織著想說的話。

「我曾經……相信夕陽是有魔法的啊。」

一個似曾相識的故事，從林菁兒口中娓娓道來。

她說好久好久以前，曾經交到一個筆友。對方是個讀夜校的大哥哥，筆跡也很帥氣，他們幾乎無所不談，還寫著文筆極爛的接龍故事。

「沒想到這世上竟然有這麼一個人，願意陪自己做這種反潮流的無聊事……說實在，當時我簡直覺得是命中註定，滿腦子都是少女的愛情幻想。」

後來，他們好不容易約定了要見面。

可惜等了好久，對方始終沒有現身。

她說現在回想，才隱約感到對方的心態說不定只是閒來沒事逗逗小女孩玩而已，是自己太認眞，嚇跑人家了。

她一直細細碎碎地說著。

連強顏歡笑的氣力都沒有。

這大概是對我最強而有力的懲罰。

原來她還記著。

坦白說，才不可能忘記。

成績不如理想又被放鴿子，她當時究竟有多難堪失落？我一直希望那只是一段對她而言沒什麼大不了的過往，希望她即使回想起來也只是兒時一個不痛不癢的小遺憾——會有這種希望，歸根究柢全因爲我內疚。

想要道歉，如今卻並不是時候。

「我啊……其實很不喜歡沒有結局的故事，所以那一次我用了最爛的方式來告訴自己已經結束了。」

那一次，林菁兒選擇將準備好的禮物，隨便送給了一個來維修冷氣機的水電工，假裝完成了約定。可是，她往後才發現世上沒有結果的事情實在太多太多了，那種做法根本只是自欺欺人。

「我一直在想，筆記本最後有沒有送到他手上呢？沒有碰面是不是因爲我不夠堅持了？如果我堅持等下去，是不是就會迎來另一個結局？於是這次我一直等一直等……我也知道這樣做很笨，所以沒辦法跟任何人講，但是大哥好像有點不同……」

接下來的話，她甚至沒辦法安然坐在我旁邊，彷彿只能站起來背向我，彷彿只能站起來背向我去。

「就是、我磋跎日子是我的決定，但總不應該連累別人也——」

說到一半，她驀然噤聲。

靜寂無人的公園，走來了一對情侶。

男的染了一頭金髮。

如果他牽著的同樣是個潮妹還好。

可惜邊走路邊向他討親親抱抱的，是個跟林菁兒一樣，清純長黑髮的女孩。

那時候，我做了一個決定。

我緊緊抱住林菁兒，直接用身軀把她從這個殘酷的世界隔絕開來。

那對情侶好像有望過來，也好像沒有，反正已經沒關係了。我摟住她好久好久，直到她回神過來發現對方早就上樓了。

「對不起，都走了吧？已經可以了啊……」

「不用強忍沒關係。」

既然決定進攻，我才不會輕易就這樣被推開。

她無處可逃，在我懷內崩潰嚎哭，而我卻在偷偷慶幸。

我慶幸那個混蛋出現得很合時，乾淨俐落摧毀她的希望，還有阻止她那番說話的後續。

對不起，我曾經也是個傷害妳的人。

不過今後妳由我來守護就好。

就像以往的寥寥數次。

☾

即使換了個交流模式，林菁兒仍然保留著她以往的文字風格，帶點嬌滴滴的遺詞，幾乎每句都會配一個表情圖。

我點開了和她的對話，在滿布逗趣表情圖的視窗中輸入文字。

今天還好嗎？

請假了

嗚、眼睛好腫不想見人⋯⋯

那想見尤達嗎？

啊啊啊啊啊啊啊！

可惡想見！

尤達與你同在。

就在妳樓下。

我拍了尤達的現場照給她，她傳了個驚訝表情。

換成從前的話，這段對話至少要相隔五天才傳送完成，不幸的話還得隔個週六週日。我想，這輩子只要跟她用文字交流，就會忍不住這樣感慨一次。

過了一會大廈閘門打開，林菁兒身穿連帽外套和短褲拖鞋，戴上粗框眼鏡走出。

正在感慨過往的我，眼前打扮隨性的林菁兒，跟某年某夜在便利店的形象重疊了。可憐、迷茫、脆弱不堪。

眼睛哭腫了，不過看到尤達她還是由衷笑起來。

不僅替我製造機會還成功撫慰人心，尤達做得好，今晚賞你牛扒。

牽著尤達，我們在附近隨便走走逛逛，她的嗓子帶點沙啞，想起什麼便說什麼，像是昨晚回家她的父母嚇了一跳，莫名其妙開始勸說她千萬不要做傻事，她的哥哥二話不說就替她把有關那個人的所有聯絡方式刪去……聽著我忽然想到妹頭，她第一次失戀，我們全家暴動了。

唯一不同的是，妹頭幾乎拿著大聲公似地向全世界宣布自己有多慘，呼朋喚友來尋求安慰。林菁兒覺得每次向人說明就代表得把那情景再回憶一次，太難堪了，想先自行療傷一段時間。

我跟尤達似乎將會是最了解她狀況的存在。

「然後……昨天哭呆了，忘了謝謝大哥，要是當時沒有你替我擋著，或許我現在連那丁點的尊嚴都沒有了。」

傷心卻仍然不忘道謝，她要不要那麼懂得激發別人的保護慾？我有點後悔，爲什麼昨天不衝上前揍扁那個不珍惜她的混蛋！

「我很傻吧？明明早就猜出個大概，還是想著有沒有可能扭轉局面。果然啊……現實哪來這麼多奇蹟呢。」

她仰望萬家燈火的高樓，驀然如此感慨。

似曾相識的句子像利箭捅進心臟，拔不出來。

那時候的我，並不相信奇蹟。

如今奇蹟一直在我面前出現，林菁兒反而不再相信了。

看著她的苦笑，當下我只想補償。

「除了見尤達，還有想做什麼？失戀最大，不趁機任性一下就浪費藉口了。」

「嗯……想大醉一場？說笑啦，不是裝純情啊，我眞的不怎麼喜歡喝酒，不是汽水但有泡，聞起來甜甜的但喝起來沒甜味，總之怪怪的。」

還好是說笑，我只怕妳酒後我亂性。

「眞要說的話，我想喝彈珠汽水，還想要內裡那顆彈珠。」

那麼孩子氣的願望，我還以為可以簡單耍個帥。

結果糗大了。

彈珠汽水不難找，可是內裡那顆彈珠我竟然一直取不出來！我們由超市一直散步到附近公園，整個玻璃樽都被我捏得燙熱了，還是扭不開那個膠蓋。啊不就一個玻璃樽摔破它就對了——可是自從養了狗，我便徹底醒悟亂拋垃圾的行為眞的很缺德，先別說玻璃會不會割傷，狗才不會理那是什麼，總之好奇心一冒起，先吃就對了。

直到後來，林菁兒忍不住笑了。

「不會開到的啦，這支是釘蓋，不是扭得開的那款設計啊。」

原來有這種區分，還眞長知識了。

原來她早就發現了，打從一開始。

好吧，耍不了帥，做個小丑逗她笑也未嘗不是好事。結果她咯咯笑了幾聲，眼淚便失控地湧出來，連尤達也感知到她的情緒，主動圈回來討抱。

看到她崩潰啜泣，那一刻我才意識到彈珠汽水可能對她而言有著什麼約定或含義吧？

我遞她一包紙巾，出門前便預想到多半會有這情況了。相似的晚上、相似的打扮、相似的舉動，唯獨不同於往日，沒有了收銀檯的阻隔，我們亦再也不是一面之緣的店員和顧客，今天的我一定還有別的、更能安慰她的方法。

「需要肩膀的話，我就在這裡。」

林菁兒看起來有嘗試過努力矜持，她闔上眼憋了一會，終究還是抱著尤達挨過來。

沒關係啊。

即使就這樣淪陷也可以。

正中我下懷。

除了給她抱抱，拍拍她的頭，我還替她擦眼淚，最後順勢十指緊扣送她回家，她也沒有抗拒或拒絕。

我正在一步一步收復失地。

得悉林菁兒比我想像中更難忘掉P.M.這個人，不知道自信從何而來，我那時候深感自己充滿勝算。那些年累積的回憶，再加上這些日子的種種，令我產生了錯覺，自以爲自己和林菁兒有足夠牽絆，足以令我一步登天。

「辰望。」

林菁兒走進大廈前，回頭叫住了我。

「謝謝你。」

第一次，林菁兒喚出我的名字。

我沒想到，這次同時亦是最後一次。

10 不能說的祕密

「大哥——我失戀了啦！」

某晚一打開家門，妹頭便朝我大叫。

什麼鬼？

我向老媽投以求救眼神，她只笑而不語走進廚房——嗯，看來不是什麼嚴重的事。

「和我曖昧的那個男同事，原來是個賤男！」

哦，週期性單相思失敗。

類似的事情久不久就會發生，雖然都聽到痲木了，但我還是必須安慰一下，那很好啊在一起之前看清那個人的眞面目之類的，不然怨怒的對象就會變成我，從前還有老弟一起分擔，但如今我只能一個人扛了。

「我眞氣自己，遇到這種人竟然以爲自己拾到寶，罵他狗眼看人低也侮辱了尤達！你都不知道他有多過分——他娘的竟然看不起水電工！」

結果妹頭還眞的氣到哭。

我以爲她就只有兩個模式，發癲和發花癲，沒想到心底還是有兩個哥哥存在，總算沒有白養她。我有點感動，打算用心點安慰，結果她就毫不客氣差遣她最尊敬的水電工做跑腿，去買啤酒和炸雞給她消氣。

最過分的是，待我買回來了，老媽說妹頭已經成功約朋友跑出去KTV。幹，還是白養了。

這個失戀的任性丫頭，有哥哥給她買外賣。

另一個失戀的傢伙，不知道過得怎樣？

那晚之後，林菁兒便失去聯絡。

不讀不回，不聞不見。

我點開臉書，林菁兒本來就不是一個勤力更新近況的人，動態牆上的最後更新仍然是大半年前老弟婚禮的照片，全然不知道還能在哪裡打探到她的近況。

畢竟原本我們的生活圈就只有淺淺交疊，只要刻意躲避就能輕易消失不見。說實在，要碰面的方法有很多，但既然她要躲，硬要將她抓出來大概只會適得其反而已。

原來，那時候林菁兒就是這種心情嗎？

一直以爲彼此相當靠近，驀然無聲無息失了蹤，只有自己被遺留在原地，懷抱著一堆無法向外傾訴的錯愕與疑問。

一晃神，夜已深。

我勸老媽先去睡，妹頭的手機打了五次都沒人接通。

怎麼了？出事了？喝醉了？

我正想著還有什麼方法可以找到人時，手機響了。

是林菁兒。

怎麼就挑這種時候？

「大哥。」

她聲音有點尷尬，背景音效是一把女聲在咆哮。

「對不起可以來接一下妹頭嗎？她在發酒瘋，我們快要抓不住她……」

……唉。

我現在的心情很複雜。

妹頭的臨時ＫＴＶ團原來正是弟婦和林菁兒，也對，我想天底下也只有這兩個人才會如此隨傳隨到吧？還好她揪出來的姊妹們一個可靠、一個寵她，不然我還眞不知道要擔心到什麼時候。

我趕過去時，老弟也恰好到來，兩兄弟扛水泥般將妹頭抬到車廂後座，她似乎醉到不知身在何處，只管一直又哭又罵。唯獨詛咒的對象已經不是她的男同事，而是林菁兒的前男友，還有拚命質問林菁兒爲什麼不早說、還當不當她是朋友之類。

「對不起，沒想到她會那麼生氣……我實在不怎麼喜歡喝酒，所以她就替我喝了。」

「酒鬼的藉口而已別放上心，我才要謝謝妳照顧她那麼久。」

總算將妹頭安頓好，林菁兒便立即跟我道歉。

寒暄之間，老弟和弟婦砰一聲關上了車門。

「大哥，那就麻煩你送Ginny回家囉。」

弟婦搖下車窗特意交代，老弟在倒後鏡朝我打了個眼色，然後極速駛走。這兩夫婦是不是知道了什麼？還是說是我多心？

「不用麻煩大哥，我自己回去也可以。」

「我什麼都不會再做了，不要用自身安全來賭氣。」

林菁兒嘗試拒絕，結果KTV又走出一群餘興未盡的男生，他們的叫囂歡呼微妙地成爲我的助攻，她只好乖乖跟著我走。

所以說，我現在的心情很複雜。

事隔多個月，我們又再一次因緣際會，並肩而行，只是已經變得無言以對。

很多疑問哽在喉嚨，一直在發疼。

我走錯了哪一步？

那刻我終於清醒了，我根本不知道自己有什麼勝算，七年前還可以勉強說人生閱歷比較多、比較成熟，七年後她都出社會了，我這個人還有什麼吸引她的地方？

是不是我太急進，太自我感覺良好，以爲那晚的親暱舉動是關係進一步的證明，實際在她眼中只是個不知分寸、佔人便宜的怪叔叔？畢竟誰說念念不忘必有回響？後續也可能是羅生門。

總之，先道歉就對了。

「是不是我那晚的舉動令妳難受？我可以向妳道歉，對不起。」

我在林菁兒推開閘門道別前，搶先發言。不論事實如何，她只要轉身走進大廈，我們就可以輕鬆逃避那個破局，少得尷尬。

「不、不是那樣……是我的問題而已。」

「所以是什麼問題？就算不喜歡我，都可以直接說沒關係。」

豈料她沒有表明討厭也沒有把話說開，我只是個中三輟學的水電工，理解能力很有限，不像老弟挑通眼眉一理通百里明，即使追問會令她難堪，我也只能追問到底。

「沒有不喜歡……所以才說是我的問題……」

「沒有不喜歡。」

我複述一次關鍵詞，她這晚束著馬尾，於是即使街燈橘黃，我也能明顯看到她整個耳殼通紅了。

沒有不喜歡。

那是什麼意思？

「總之是我自己問題……總之大哥沒有錯，再見。」

林菁兒不願解釋，丟下一句永不可能再見的再見，轉身離開。

好吧。

我努力過了。

這個故事，就這樣完結吧。

不如說，這個故事本該停留在婚禮那一夜，甚至停留在七年前的放榜日就好，這樣就能把那份遺憾、那份不完滿無限美化，只要是塡空題，空白的橫線上就能塞進無限想像。

沒有平庸的後續。

沒有難堪的眞相。

老來還可以慨嘆一番自己年少曾經有多輕狂，坐在搖搖椅看著夕陽感慨初戀無限好——

少來自欺欺人了，懦夫！

「啊——有東西忘了給妳。」

我故意誇張驚叫，令她以爲是什麼很要緊的事，急忙剎住腳步。

結果我只給她上次無法取出來的彈珠。

然後趁機抓緊了她的手。

我不會逃避，也不會讓妳逃避。

「或許妳不知道……我和妳曾經碰面過很多次，每次妳不是都在哭，就是像現在皺眉困窘。我回想過很多遍，我才發現原來從來都沒見過妳笑的樣子。」

「所以在我第一次看見妳笑的時候，我倒是想哭了。」

「原來有酒窩呢。」

「原來雙眼會這樣瞇起來呢。」

「原來妳笑起來比我想像中還要更可愛——」

「原來我是那麼喜歡妳。」

哽咽了一下，我閉嘴不敢再說下去。

這些年來我一直也在疑惑，爲什麼對妳這麼執著，直到那晚夜唱載妳回家，我終於發現了。

我在很小時候，同齡的人都在想像未來，享受當下的時候，我就已經在見識這個世界、這個社會有多殘酷。只要天眞一點、幼稚一點，就會被其他人撕咬啃噬到半點渣也不剩。爲了生存我不得不將一些自我藏起來，例如說夢想、例如說感情，講出來會變成笑柄，變成了茶餘飯後的話題，或是令擔心自己的人內疚，講了實在太痛苦了，所以我學懂了什麼都不講，故作無謂迫自己賠笑打圓場。

我學懂那些東西是多麼不切實際，不被需要也不被接納，我把自己徹底封閉起來之後，妳出現了。

妳這輩子都不會知道，妳接納了我極力否認和隱藏的部分。

陪我幼稚、陪我發夢、陪我說著無聊至極、不切實際的垃圾話，不嘲笑、不輕蔑，我極力抹煞的那部分自我，只要在妳面前都會理所當然地存在。

妳曾經疑惑，是不是只要繼續等待下去就會迎來好結局。

我也想知道，是不是只要我伸手抓緊就不會再錯過妳了？

爲什麼我們不停遇見，卻永遠隔著一步之遙。

明明已經有著撕破臉的覺悟，這些話終究還是沒辦法完完好好說出來。

我和林菁兒，無言以對了好久。

她的手好冰，還顫抖著。

直到她深呼吸，打破沉默。

「我覺得大哥很好……不會笑我那些天馬行空的幻想，還會陪我一直亂掰下去，在我不開心的時候總是立即察覺到，然後一直溫柔地陪著我。分手的隔天晚上，你抓我出來散心，當時拚命想要逗我開心，你一直研究如何扭開瓶蓋，我就在想，這世上怎麼會有這種笨笨的但又令人感到相當可靠的男生……」

「心動了？」

「嗯……所以才不行。」

「爲什麼反而不行？」

「如果我們這樣就在一起了，我會覺得這樣的自己很差勁，簡直徹頭徹尾在利用你來逃避現實……我不是你想像中那麼完美，我只是個擅長撒嬌的公主病而已。」

「我本來就不是喜歡妳完美，何況願意對我坦白也證明妳善良不願說謊——」

「就說不是這樣呀，我覺得不行！這樣對你不公平！」

反正這個世界從來沒對我公平多少。

或許我的確曾經把林菁兒想像得太完美，太過遙不可及，但如今我已經實實在在觸碰到了，她只是一個普通到不行的女孩，軟弱時會撒嬌、生氣時會耍賴，太艱難會放棄。這樣很好，至少她並不是我想像中那麼高攀不起，我要的又不是聖母瑪利亞，我要的只是一個可以待在我身邊的平凡人而已。

就算是工具人、救生圈、觀音兵也沒關係，只要她別再消失就好，奇蹟才不可能出現那麼多次，而且怎可能一次又一次倚仗這種虛無飄渺的東西。

不過，我閉嘴讓步了。

不然林菁兒就要哭了。

「對不起，我想要點時間整理一下自己的心情……究竟自己是怎麼看待你？是救生圈還是眞心喜歡上？我想慢慢弄清楚。」

我實在很難理解她的執著。

既然沒有不喜歡，也心動了，在一起後再慢慢想不就好了嗎？

可是，我決定不再深究。

林菁兒說要時間，那我就等著吧。

即使明知道女孩說需要時間和空間，背後的意思多半就是不需要你這個人。

急於追求，只會變成貪心的小狗，最後什麼都得不到。

那天，林菁兒躲在課室中獨個兒在等待，在絕望中等待渺茫的奇蹟。

如今角色互換了。

這次，換成我來等待。

「剛才妹頭未醉的時候，我跟她約好了。」

什麼？

「去澳洲，Working Holiday一年。」

唯獨我沒想到，她所需的時間竟然要那麼久。

久得甚至產生了時差。

11 我們

妹頭第一次出國，沒想到一去就是一年。

起初老媽非常抗拒，沒想到她聽到同行的人是林菁兒之後便半帶安心地放行，這完全是長輩會犯的錯，看到乖乖牌的外表便覺得對方可靠老實。

兩個女孩，一個跳線一個冒失，然後也總是在奇怪的地方莫名堅持，我和老弟不擔心才怪。可是即使再怎麼擔心，妹頭都已經成年了，就正如她叛逆期時常常掛在嘴邊的說話——輪不到我們來說嘴。

我們一家再怎麼擔憂，終究還是一起來爲妹頭送行了。

「好！登機證都辦妥了，你們送到這裡就行，我要進去囉。」

「那麼快？Ginny不是跟妳一起去嗎？她人呢？」

「她剛剛傳訊息給我，說已經在安檢區等我了。」

老媽窮擔心地左顧右盼，替我問了我差點衝口而出的問題，妹頭則晃了晃手機，氣定神閒地告知我情報。

結果她選擇迴避到最後。

「那麼，再見！」

「喂，妳也太冷淡了吧？這可不是過大海而是越洋一年耶。」

「大哥想要來個情深相擁嗎？可以啊，來來來——」

誰要那麼肉麻啊幹，滾開！我伸手一記按住妹頭橫衝過來的頭顱，弟婦卻在旁一記撲來抱住了她。

「那邊可沒有人照顧妳了，別老是添別人麻煩，知道沒？」

「啊——明明不想哭的！到步[19]搞定雜事後立即給你們視訊，就這樣！」

我目送妹頭忍著眼淚直接奔進安檢區。

有那麼一瞬間，我在考慮電影電視劇的可靠性，是不是真的可以立即買張機票追進安檢區，眾目睽睽之下挽留林菁兒，我們會在拍掌歡呼下相擁，然後片尾曲和工作人員名單隨即播放。

嗯，發夢尚早。

這種不切實際的事還是想想就好。

回首我與林菁兒的故事，一年根本不算什麼。

真正令我忐忑不安的是這次將會有個必須面對的答案，而那個答案彷彿已從她堅決的態度中窺探出一二。

經過了那麼多年年月月，兜兜轉轉，終究避不過同一個結局。

當中最可怕是，我只能像現在這樣獨自黯然傷神悲春秋，只能跟隨大伙兒離開，有一句沒一句地閒聊等下晚餐怎麼解決，玩笑說澳洲蜘蛛的頭上有血量值。或許我們都像妹頭一樣，假裝堅強、假裝沒什麼大不了，因為我們都明白再多不捨也只得面對現實放手。

各式各樣的事情。

終究都得放手。

如果這是我窮盡力氣追求到的結局，即使再怎麼不甘心，甚至沒辦法好好道別，都也得接受。我曾經手握手機，呆看著大半年前的聊天記錄大半天，根本沒辦法組織出半句道別的話來，而事實我也不知道該說什麼。

19 到步：香港用詞，指抵達。

很多想法與往事纏在心頭。

但要是把這些都一一說出口，那根本就只是單方面把情緒傾倒到對方身上，糾纏不清討人厭而已。

不然我很想告訴林菁兒，時隔七年，昨晚我才終於鼓起勇氣打開那本筆記本。

我很想告訴她，她說得一點也沒錯——

狼與小紅帽的故事有夠垃圾的。

老掉牙的展開、幼稚的台詞、爛透了的文筆，可取的大概只有彼此的字跡端正，標點符號使用正確而已。

當年的林菁兒躲在書桌下寫了好久，原來沒有寫下什麼心底話，也沒有寫下什麼詛咒，她只是默默把故事七零八落的地方好好補完，然後寫下一個幸福快樂的結局。

就如當年的對話，我一直認爲所謂的「從今以後幸福快樂地生活下去」只是撇開現實的後續罷了，直到昨晚我好像終於理解到Happy Ending的意義。

即使現實中沒能追尋到好結局，至少小說能圓滿，是這樣對吧？

狼與小紅帽終於不再被日晝與黑夜分隔開，他們在夕陽下相遇，一起坐在草原野餐，林菁兒哭著提筆寫下了狼與小紅帽有多幸福。

故事的最後，停在小紅帽的一句提問。

遇見你，我很幸福。

你呢？

「抱歉，我先回個訊息，你們先帶老媽上車吧。」

爭取半分鐘的獨處時間，我站在人來人往的機場，再次點開聊天室。

林菁兒說，她不喜歡沒有結尾的故事。

林菁兒說，如果幸福快樂的結局只是人生某個階段，那麼時間停留在最美好的那刻也不錯。

如果人生註定沒辦法停留在某個時刻——那麼我們的故事停在這個訊息就好。

即使晚了七年。

即使她早就不在乎那個答案，甚至忘記了曾經如此提問過。

即使莫名其妙又惹人厭，我仍然希望她知道：

遇見妳，我也很幸福。

後記

剛看完這個故事的您，您好，我是瀰霜。

《A.M.P.M.》是以我生活的城市作爲背景，並將我成長時代遇見的瑣碎片段串連而成，就像一些曾經發生在你我身邊的大小事情，希望這部故事有幸爲大家帶來幾分親切感。

來說一些港版後記和訪談都沒聊到的小彩蛋啊。

《A.M.P.M.》是以日本動畫《你的名字》作爲靈感來源，不過說到下筆的契機，其實是聽了五月天的《洋蔥》。這首歌充滿了那個年代的氛圍，聽著主唱充滿感情的演繹，不知爲何男主角的形象便忽然清晰起來——把內心一層一層封住，但其實是個相當溫柔的人。

實不相瞞，我其實比較擅長創作奇幻系和童話系的故事，大家去翻作者簡介大概就知道了。《A.M.P.M.》是我第一部寫實故事，完稿後我一直疑惑，即使這故事的本質是一部都市童話，可是爲什麼會寫出與以往風格不盡相同的故事？

或許都是天意吧……

現在的香港，已經不是故事中的美麗模樣。

回顧港版的《A.M.P.M.》推出時正值社會運動的初期，那時候與現在相比，很多事情已經面目全非。最熟悉的土地倏地非常陌生，猶如病入膏肓的少女，在拚命粉飾的妝容下原來早已蒼白而無力。

縱使如此，我們仍然懷抱希望，希望這顆微弱的光能夠陪伴彼此走過最黑暗而漫長的道路。

或許冥冥之中早有註定，才會讓我機緣巧合寫下香港最美麗最和平的印象以作紀念，同時也抓住可能是最後的機會，將香港最繁華安定的那時光烙印到大家的腦海中。

請替我們記著曾經有這麼一個地方，有著這麼一些人和事。

非常感謝蓋亞文化願意爲這部故事出版台版，雖然港台兩地都使用繁體字，然而文化和詞彙始終有些微差別，在此謝謝台灣編輯的細心修改，令大家可以暢順閱讀。也十分感謝天行者出版的Joey，感謝妳付出不少心力促成了台版的《A.M.P.M.》面世。

另外，非常感謝支持我的每一位，故事能推出兩個不同的版本，是我從來沒有想像過的成就，感謝您們願意見證我那緩慢的成長，陪伴我抵達這個重要的里程碑。

期望未來仍能與您相遇，但願能創造出更多大家喜愛的故事。

最後，請容我在此祈願。

願榮光歸香港。

瀰霜

二〇二〇年五月十八日

即使現實中沒能追尋到好結局，至少小說能圓滿，是這樣對吧？

那麼──您願意見證奇蹟嗎？

Hidden Track
非你莫屬

訊息傳出去的半秒鐘，手機來電了！

啊幹是想嚇死誰！

我拍拍狂跳不止的胸口，原來是妹頭打來。

該不會是忘記了什麼吧？身分證、護照還是錢？還沒出境就已經出事了嗎？

「大哥——你在哪裡？」

「正在回停車場，怎麼了？」

「先別走！我有東西忘了給你，可以多等我一下嗎？」

「有很急嗎？」

「至少沒辦法等一年後！你回登機處那邊等等好了。還有啊——」

還有？

「這些年來我過得很幸福！雖然沒有老爸，但是因為有大哥和二哥在，我從來都不覺得自己比別人欠缺了什麼，今天我已經長大了啊——所以大哥也要好好抓住自己的幸福囉！」

什麼鬼？

不是說不打算哭著道別嗎？為什麼要打來說一堆矯情話然後自顧自在電話的另一頭哭到稀里嘩啦。

我還沒來得及安撫她幾句，她就掛斷了。

唉，我的幸福在妳發酒瘋時已承諾跟妳走了啦。

然後我還得想想待會見面時要怎麼逗妹頭笑著走，真的想要答謝我的話，就稍微顧及一下大哥我的心情吧。

被妹頭這樣一鬧，我腦內只剩下一堆無奈與幹話。

我打給老弟交代幾句，再看回手機。

訊息已讀了。

系統還顯示輸入中。

這眞是劃時代的偉大發明。

我曾經，有段時間很沉迷ＬＩＮＥ的搖一搖……啊，我和前男友也是這樣認識的。

會喜歡玩搖一搖，是有原因的啊。

我啊……其實有個想要找到的人。

某天他闖進我枯燥的生活裡，默默守護著我，然後又在某天忽然消失不見了。

我一直很想找回他，可惜沒有方法。

當時我們沒有留下任何聯絡方式，我曾經覺得很浪漫啦……但現在只覺得根本超笨好不好！

我曾經以為網路發達，大量的社交網站和交友程式興起，要找一個人已經變得非常容易。

原來很難。

原來那個人和自己的生活圈沒任何抵觸，要找真的很難。

我不知道他的身分、名字、長相，無論是年齡、共同朋友、工作地點、居住地區、就讀學校，統統沒有線索可尋。

這個時候，居然搖一搖手機就可以找出附近的人。

那麼我持續在這城市的每個角落都搖一下，是不是就可以和那個人再見了呢？

後來我才醒悟到，這並不是機率問題，而是緣分問題。

或許他就在這裡，只是我沒有發現。

或許他就在這裡，只是他裝作什麼都沒發現。

林菁兒的訊息一句接一句密集地傳來，那一刻我甚至有種錯覺，數據是有重量的，會壓得手機愈來愈沉重。

在一大堆文字之後，她傳給我一張照片。

是我的背面。

我立即轉身，林菁兒就站在不遠處，氣喘喘地笑。

機場這個地方空間感太大，很科幻，一點也不眞實。

「剛才過安檢時妹頭的包包一直在響，原來是因爲這個。」

林菁兒將一個東西交到我手上。

狼圖案的打火機，底部刻上了「P.M.H.B.」。

究竟那三八有多久沒整理包包了？再說明明我問了好幾次，她想都不想便信誓旦且回答我沒見過。白養了，澳洲去了就不要回來。

「你沒有什麼想跟我說的嗎？」

林菁兒似笑非笑，明擺著等看好戲的表情。

想說的話？當然有啊。

「謝謝——不過說實在，爲什麼妳會知道我抽菸？」

「有時打開筆記本會有股淡淡的菸味，我猜你應該是剛抽完菸就跑去上課吧？」

原來如此。

露餡了。

「我這邊也有事情想問問你呢？」

她歪著頭湊近，話音拉得很長，然後她忍不住壞心眼地笑起來。

爲什麼放榜那天沒有出現？爲什麼見面了又不相認？看著她跌跌碰碰很好玩嗎？

反正就這些問題而已，來啊誰怕誰？我才不會那麼輕易認輸。

「我眞的想了很久也想不通——爲什麼你會知道當天巴士上的是我？」

「不告訴妳。」

「過分！明明我都告訴你了——」

「因為要留待下次。」

林菁兒的抱怨成功被我這句堵住了，看來她不只記得P.M.這個人，她記得的可能比我想像中還要多。

「又來這招……這次你不會消失的吧？」

若是這樣，我有好好補完她失落了七年的答案了嗎？

「今天妳沒有資格這樣質問我啊。」

「你知道那天我等了多久嗎！」

「差不多等到我連冷氣機都快修好？」

林菁兒先是疑惑，後來漸漸驚訝得睜大眼睛，掩著嘴巴說不出話來。

最後，我將泣不成聲的林菁兒拉過來抱抱拍拍。

「所以報應來了，這次換成我等妳。」

「嗯……約定了啊。」

我忘了她哭了多久，她的手機響了，大概是妹頭打來催促。

我替林菁兒擦擦眼淚鼻水，牽著她回到安檢區前。爲免她又哭起來，我先走一步了，不然我大概眞的要立即買張機票，跑進去好好安撫那兩個丫頭。

我走開不到數步，又再收到林菁兒的訊息。

要是我能找回他，有句話好想對他說——

「混蛋——活該等我一年！」

背後傳來一聲叫罵，我苦笑轉身，看著她頭也不回跑進安檢區。

嗯，活該的。

即使她刻意把答案留空，將我們的關係返回原點，畢竟才只是一年。

我們的故事曾經歷二十四小時緩慢更新，然後還經過七年的停滯，算起來這次的三百六十五天眞的算不上什麼，甚至放眼現今，時差亦已不再是什麼難以克服的事。

就如今天，林菁兒什麼都沒說，只傳給我一張悉尼[20]大橋的夜景。

好！

下次見面時一定要問問。

爲什麼就是沒想到要傳給我自拍照。

浪漫果然是最不切實際的東西。

不切實際，卻又是美好的奇蹟。

我不敢說我們的故事接下來就會直接奔向童話般的結局，說不定一年後她仍然跨不開那個坎拒絕了我，說不定我又會像七年前遇上什麼意外再次錯過了彼此。

畢竟我們永遠猜不透人生的下一頁將會迎來什麼。

如果幸福快樂的結局只是人生某個階段……

說實在也挺不錯的。

我放下油掃[21]望出窗外，舉起手機拍下滿布高樓大廈的晴空。

《黃昏交會的A.M.與P.M.》完

20 悉尼：香港稱雪梨（Sydney）爲悉尼。

21 油掃：香港用詞，指油漆刷。

國家圖書館出版品預行編目資料

黃昏交會的A.M.與P.M. / 㵟霜 著.
——初版.——台北市：蓋亞文化，2020.07
面；公分.

ISBN 978-986-319-479-8（平裝）

857.7 109003519

故事集 016

黃昏交會的A.M.與P.M.

作　　者　㵟霜
封面插畫　NIN
裝幀設計　莊謹銘
責任編輯　盧韻亘
主　　編　黃致雲
總 編 輯　沈育如
發 行 人　陳常智
出 版 社　蓋亞文化有限公司
地址：台北市103承德路二段75巷35號1樓
電話：02-2558-5438　傳眞：02-2558-5439
電子信箱：gaea@gaeabooks.com.tw
投稿信箱：editor@gaeabooks.com.tw
郵撥帳號 19769541　戶名：蓋亞文化有限公司
法律顧問　宇達經貿法律事務所
總 經 銷　聯合發行股份有限公司
地址：新北市新店區寶橋路二三五巷六弄六號二樓
電話：02-2917-8022　傳眞：02-2915-6275
初版一刷　2020年7月
定　　價　新台幣 250 元
Published and printed in Taiwan

GAEA ISBN 978-986-319-479-8

Gaea

Gaea

Gaea

GAEA